아빠는 즐거운 조울증

# 아 빠 는
# 즐 거 운
# 조 울 증

기타 모리오 · 사이토 유카 지음
박소영 옮김

# 어리석은 나날을 돌아보며

20세기 마지막 해, 나는 신년 연하장을 지인과 친구들에게 보냈다.

"여러분 오랜 세월 베풀어주신 온정에 감사드립니다. 부디 건강하십시오. 세상을 버린 기타 모리오 올림."

이후 나는 어딘가에 연하장을 보내거나 경조사도 참석하지 않기로 했다. 그러자 세상살이 도리에서 벗어나 스트레스가 사라진 덕분인지 태평하게 여든한 살까지 목숨을 부지했다.

'요절은 본인의 불행, 장수는 타인의 불행'이라는 명언이 있다. 앞으로 아내는 물론, 많은 사람에게 민폐를 끼칠 일만 남았다고 생각하니 내일이라도 당장 죽고 싶은 것이 나의 심정이다. 내세울 것이라고는 씩씩함뿐 머릿속은 텅 빈 딸과 이런 대담집을 낸 것도 나의 머리가 노쇠하여 망가졌다는 증거다. 그러나 딸이 말하기를, 오늘날 일본은 우울증에 걸린 사람들이 늘고 있다고 한다. 딸은 "아빠는 정신과 의사니까 죽기 전에 조금이라도 세상에 보탬이 되는 일을 해야지"라고 말했다. 그래서 삶에 괴로움을 느끼는 분들에게 작으나마 위로가 되기를 바라며 나의 파란만장한 조울증 체험담을 털어놓았다.

우울증에서 가장 무서운 것은 자살이다. 그러나 조울증은 순환하기 때문에 적당한 시기가 되면 반드시 낫는다. 나는 우울증 시기를 '벌레의 겨울잠'이라 부르고, 반드시 낫는다고 믿으며 빈둥거렸다. 식사도 하루에 딱 한 번. 잠은 저녁 7시까지 잤다. 그게 효과가 있던 모양이다.

만일 우울증으로 기분이 침울할 때는 일단 전문의를 찾아가서 약을 받은 뒤 애쓰지 말고 그저 가만히 있는 것이 최선이다. 또한 가까운 사람이 우울증에 걸렸다면 절대로 힘을 내라고 격려해서는 안 된다. 우울증인 사람이 회사를 쉬고 있으면, 병문안을 온 동료가 "생각보다 건강해 보이네. 슬슬 회사로 복귀하는 게 어때? 다들 자네를 기다리고 있어"라고 말한다.

그런 격려는 가시방석보다 괴로운 법이다. 애초에 우울증 환자는 '나는 사회에 도움이 안 돼. 난 아무짝에도 쓸모가 없어'라며 괴로움에 빠져 있기 때문이다.

이렇게 잘난 척 떠드는 나도 사실은 조울증을 겪으면서 아내를 무척 고생시켰다. 조증이 오면 이상하게 영화를 만들고 싶은 생각에 사로잡혀 제작 자금을 만들 작정으로 주식거래를 하다가 거액의 빚을 졌다. 주식거래를 못마땅해하던 아내를 욕하고, 이유 없이 분노를 쏟아내며 얼마나 마음고생을 시켰는지 돌아보면 부끄럽기 짝이 없다. 매년 여름에는 조증이, 겨울에는 우울증이 찾아왔다.

한편 딸은 내 병이 재밌는지 우울증 환자에게 억지로 힘을 내게 해서는 안 된다고 말해도 소용이 없었다. 기력이 없는 나에게 "아빠는 나약해서 우울증에 걸린 거야. 잠깐이라도 체조를 하든지 산책을 나가서 기운을 내야지. 안 그러면 할머니가 '소키치[기타 모리오의 본명은 사이토 소키치-옮긴이]는 야무지질 못해!'라고 혼낼 거야"라면서 누워 있는 나를 일으켜 억지로 산책에 데려갔다.

언젠가 딸은 10년이나 우울증을 앓는 나를 격려할 요량으로 롯폰기의 란제리 펍에 데려간 적도 있다. 우리는 속살이 훤히 비치는 드레스를 입은 여성을 바라보며 함께 술을 마셨다. 아내는 그런 별난 우리 부녀가 어처구니없다는 듯 웃으며 쳐다봤다.

내 병을 심각하게 받아들이지 않고 꿋꿋이 가정을 지켜낸 아내가 고맙다. 내가 처음 조증에 걸렸을 때 아내는 조증이라는 병이 있는지조차 몰랐기 때문에 나와 다툼이 잦아져 한동안 별거하기도 했다. 그러나 나중에는 내가 조증이 오면 딸에게 "어머, 아빠가 기운이 넘치기 시작하네. 또 주식에 손을 대려나"라며 웃어넘겼다.

그러고 보니 나의 아버지와 어머니도 12년간 별거 생활을 했다. 아버지는 밖에서는 남에게 친절해도 집에서는 툭하면 성질을 부리고 화를 냈다. 나는 그런 아버지가 멀리서 보기만 해도 무서웠다. 그러니 고집 세고 개성 강한 어머니와 아버지가 서로 맞았을 리 없다. 사이토 가문은 아무래도 부부 사이가 삐걱대는 것이 가풍인 듯하다. 형 시게타도 밖에서는 웃음기 많고 친절한 '모타 선생님[형 사이토 시게타의 애칭. 그 역시 정신과 의사이자 수필가로 활동했다-옮긴이]'으로 불렸으나, 조카들에 따르면 집에서는 무서운 아버지였다고 한다. 어찌 되었건 인간은 '모순덩어리'다. 완벽한 인간은 존재하지 않으므로 적당히 사는 것이 우울증이 오지 않는 비결이 아닐까 싶다.

기타 모리오

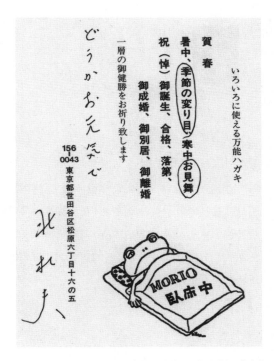

いろいろに使える万能ハガキ

賀春

暑中、(季節の変り目、寒中お見舞)

祝（悼）御誕生、合格、落第、

御成婚、御別居、御離婚

一層の御健勝をお祈り致します

どうかお元気で

156
0043
東京都世田谷区松原六丁目十六の五

MORIO 臥床中

다용도로 쓸 수 있는 만능 엽서 /
근하신년 / 여름, 환절기, 겨울 문안 / 축하 (애도) 탄생, 합격, 낙제 /
결혼, 별거, 이혼 / 건승을 기원합니다 / 부디 건강하십시오 /
156-0043 도쿄도 세타가야구 마츠바라 6초메 16-5/ 기타 모리오 /
MORIO 와병 중

아이디어는 기타 모리오, 일러스트는 히사 구니히코.
근하신년, 여름·환절기 문안, 합격, 낙제, 결혼, 별거, 이혼 등에 동그라미를
쳐서 간단히 보낼 수 있게 만들었다.

## 차례

### 🌿 사이토 집안 가계도 🌿

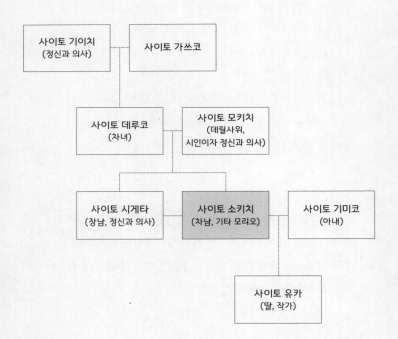

사이토 기이치
(정신과 의사)

사이토 가쓰코

사이토 데루코
(차녀)

사이토 모키치
(데릴사위,
시인이자 정신과 의사)

사이토 시게타
(장남, 정신과 의사)

사이토 소키치
(차남, 기타 모리오)

사이토 기미코
(아내)

사이토 유카
(딸, 작가)

아빠 기타 모리오가 딸 유카에게 책을 읽어주는 모습.

# 1장
## 아, 그리운 평온했던 나날들

시인 사이토 모키치와 데루코 사이에서 차남으로 태어난 정신과 의사 기타 모리오. 1960년 『밤과 안개의 구석에서』로 아쿠타가와상을 수상하고, 『닥터 개복치 항해기』[기타 모리오가 1958년 11월부터 5개월간 일본 수산청 참치조사선을 타고 세계를 항해하며 겪은 체험을 담은 여행기. 어느 날 바다에서 무슨 일이 벌어져도 태평하게 낮잠을 즐기는 개복치의 모습이 인상적이어서 이후 본인을 '닥터 개복치'라고 일컬었다-옮긴이]가 베스트셀러에 오르며 작가 활동을 시작했다. 아직 조울증이 오기 전이던 1962년, 딸 유카가 태어나 세 식구는 한동안 평온한 나날을 보내고 있었다.

# 아빠와 엄마의 만남

**딸**　　아빠가 엄마를 처음 만난 건 항해를 나갔을 때였지? 수산청에서 참치조사선에 탈 의사를 출항 사흘 전까지 구하지 못했다는 소식을 듣고 아빠가 지원해서 승선하게 된 거라고 들었어. 그러자 시게타 큰아버지가 "600톤급 배로 유럽까지 가는 항해는 침몰할 수 있어. 위험하니까 그만둬" 하면서 반대가 심했다지?

**아빠**　　응. 네 할머니만 "어머, 재미있겠다. 남자라면 고생도 해봐야지. 다녀와"라고 등을 떠밀어줘서 그 한마디에 배에 탔지.

**딸**　　아빠는 참치조사선의 선의船醫로 해외 여기저기를 다닐 때, 독일 함부르크에서 한 무역 회사의 함부르크 지점장 집을 방문했지. 그 집 딸이 엄마였고, 그게 첫 만남이었을 거야?

**아빠**　　맞아. 첫날은 아버님이 수산청 사람들과 시 청사에 있는 레스토랑에 데려가 주셨어.

**딸**　　엄마는 아버지 손님이 왔으니까 같이 만난 거구

나. 아빠와 엄마는 열 살이나 차이가 나니까 설마 나중에 결혼하리라고는 생각도 못 했을 거야. 엄마 첫인상은 어땠어?

**아빠**　음, 아버님이 계신 곳으로 일본에서 『신초』라는 문예지를 보내주기로 되어 있었어. 거기에 내 작품 「골짜기에서」가 실렸거든. 그리고 독일에 있는 친구가 일본에서 지낼 때 빌려줬던 돈이 있었는데 그것도 아버님 댁에서 받기로 했어. 그런 일도 있고 해서 댁에 초대를 해주셨어. 귀국할 때는 일본의 지난 신문도 가득 주셨지.

**딸**　1950년대에 일본 신문이 독일까지 갔단 말이야? 역시 무역 회사는 다르구나!

**아빠**　다음 날 아버님 댁에서 저녁 식사를 초대받아서 아버님과 어머님을 따라서 다 함께 비어홀에 갔지. 거기서 네 엄마와 춤을 췄는데, 정말 따분하다는 얼굴을 하더라(웃음). 내가 서른한 살, 네 엄마 기미코가 스물한 살이었을 때야.

**딸**　아빠가 일본에 돌아와서 토마스 만의 책을 보내주었는데 고맙다는 편지도 안 보냈다고 화를 냈다면서?

**아빠**　　맞아.

**딸**　　엄마는 보냈다고 말하는데 서로 기억이 정확하지 않네. 아무튼 엄마의 첫인상은 어땠어? 귀엽다고 생각했어?

**아빠**　　그다지 나쁘지 않았어.

**딸**　　둘 다 일본에 돌아와서 결혼하고, 내가 태어난 거구나. 요즘 아빠들은 결혼하면 아이는 몇 명 낳겠다는 계획도 세우고, 가정에 충실한 사람이 많은데 아빠는 자식 낳을 생각은 있었어?

**아빠**　　있잖아, 옛날에 내가 쓴 에세이에 "누군가 말하기를 유카를 바라보는 내 눈빛이 꼭 녹아버릴 것 같다고 한다"라는 문장이 있어.

**딸**　　친구가 말한 거야?

**아빠**　　공원을 걷다가 어떤 부인이 널 보고 "어머, 어쩜 이리도 귀여울까"라고 말하는데 어찌나 기분이 좋은지 그 사람에게 절을 다 하고 싶더라고. 네가 아장아장 걷는 모습이 귀여웠던 게지.

**딸**　　…….

1961년 10월,
세타가야구 마쓰바라로 이사한 집에서 아내 기미코와 함께.

**아빠**　너는 처음엔 엄마를 더 잘 따랐어. 그런데 1965년에 내가 카라코람〔히말라야산맥의 서쪽으로 이어지는 산맥-옮긴이〕 등반대에 의료진으로 참가하면서 47일 정도 집을 비웠던 적이 있어. 그러자 네가 쓸쓸했던 모양인지, 내가 돌아온 이후로는 어딜 가든 나를 졸졸 따라다니더라. "아빠 일해야 하는데"라고 하면 "유카도 글씨 쓸 거야"라면서 2층 서재까지 따라왔어.

**딸**　지금과 다르게 귀여웠네(웃음).

**아빠**　"산에는 왜 갔어?"라고 네가 자꾸 묻는 바람에 괴로웠지. 계단에서 안 떨어지려고 뒤에 바짝 따라와서는 말이야. 서재에서 1층으로 보내느라 아주 애를 먹었어.

**딸**　2층 서재에서 일하는데 자꾸 오니까, 1층으로 내려보내느라 힘들었구나. 내가 갓난아기였을 때 세 시간마다 울어서 한밤중에는 아빠와 엄마가 교대로 분유를 먹여줬다며? 아빠는 "내가 젖병에 분유를 타서 먹였어"라고 자랑하지만, 손재주가 꽝인데 어떻게 제대로 만들었어? 젖병 온도는 사람 피부에 맞춰야 하는데.

**아빠**　엄마한테 배웠지.

**딸**　　아빠 피부에 맞췄다니까 괜히 무섭네. 설마 뜨거운 분유를 먹이진 않았겠지(웃음)?

**아빠**　　너는 갓난아기 때 세 시간마다 깨서 우는데 아무리 달래줘도 소용없었어. 안고서 좁은 침실 안을 여기저기 돌아다녀야 겨우 울음을 그쳤지. 그런데 세 살 무렵에 카라코람에 갔다 온 이후에는 한밤중에 벌떡 일어나 아기 침대에서 능숙하게 내려오더니 코끼리가 그려진 유아용 변기에 오줌을 누더라고.

**딸**　　카라코람에 가기 전만 해도 아기 침대에서 내려오지도 못했는데, 돌아오니 침대에서 혼자 내려와 오줌까지 눌 수 있게 되었구나.

**아빠**　　오줌을 누고 나면 다시 침대로 올라가 잠들더라. 새벽 무렵에는 엄마 침대에 파고들어 와서 잤던 것 같은데, 나는 자느라 몰랐어.

**딸**　　그때는 아빠가 아직 조증에 걸리지 않아서 평온한 영유아기였네. 아빠가 카라코람에 갔을 때 나는 세 살이었으니까 하나도 기억나질 않아.

**아빠**　　엄마가 "유카, 착하게 굴지 않으면 유치원 못 가"

갓난아기였던 딸 유카를 안고 집 앞마당에서.

집 근처에 있는 세타가야의 하네기공원에서
딸과 '언덕 오르기'.

라고 몇 번 말했는데 어느 날 네가 "유카는 유치원 안 가"라고 말한 적이 있었어. 엄마가 당황해서 "유치원에 가면 친구가 많이 있어서 재미있어"라고 하는데도 "그래도 유카는 유치원 안 가"라고 했지. 처음 유치원에 데려갔을 때 조금 울었지만, 얼마 안 가서 "선생님은 친절해서 좋아. 엄마는 화내니까 싫어!"라고 하더라.

## 기억 속 어린 시절

**딸**   유치원 이야기를 하니까 생각났는데, 시게타 큰 아버지가 아빠는 유치원 입학식 날 울어서 안 갔다고 하던데.

**아빠**   땅바닥에 드러누워서 울었다고 하더군. 미나미초유치원이라는 곳에 형, 누나, 여동생은 다들 다녔는데, 나는 부끄럼이 많아서 안 갔어.

**딸**   그럼 아무 데도 안 다녔어?

**아빠**   응. 첫날만 가서 유치원 선생님에게 과자를 받았던 게 기억나. 하지만 과자만 받고 이후엔 안 갔어. 부끄럼이 많아서.

**딸**    유치원에서 안 배우고 초등학교에 들어간 거야?

**아빠**    응. 당시에 아버지는 "학교에서 선생님이 뭘 물어보면 몰라도 무조건 '네' 하고 손을 들어라!"라고 얼토당토않은 이야기를 했어. 어느 날 선생님이 "길을 걸을 때 어느 방향으로 걷는지 아는 사람?"이라고 물어보길래 아버지 말대로 손을 들었는데 다른 학생들도 다들 손을 들었어. 선생님이 나를 가리켜서 일어나기는 했는데 대답을 못 해서 다른 학생이 '왼쪽'이라고 대답했어. 아버지나 아오야마뇌병원[기타 모리오의 외조부인 사이토 기이치가 1907년 도쿄 아오야마에 설립한 대형 정신병원. 1924년 화재로 소실됐으나 1925년 세타가야구 마쓰바라에서 다시 문을 열고 데릴사위인 기타의 아버지 모키치가 뒤를 이어 운영하다가 1945년 도쿄대공습 때 문을 닫았다-옮긴이] 사람 누구도 '좌측통행'을 알려주지 않았거든(전쟁 전에는 보행자도 좌측통행).

**딸**    1933년부터 1945년까지 할아버지랑 할머니가 별거했으니까 아빠는 그 무렵에 엄마 없이 자랐겠네? 그럼 초등학교 입학을 준비할 때 이미 안 계셨어?

**아빠**　글쎄, 초등학교는 몇 살에 들어가지?

**딸**　여섯 살. 아빠는 1927년생이고 1933년부터 별 거하셨으니까 할머니가 안 계셨을 거야.

**아빠**　그렇겠다.

**딸**　할머니라면 집에 계셨어도 아마 입학 준비 같은 건 안 해주셨겠지?

**아빠**　일절 안 했을 거야.

**딸**　시게타 큰아버지도 "초등학교 때 소풍을 가면, 보통 어머니들은 가방에 초콜릿이나 캐러멜을 넣어주는 데 우리 어머니는 전혀 해주지 않아서 전부 혼자서 준비했다. 게다가 사진을 찍을 때만 어머니가 안아줬던 기억이 있다"라고 말씀하셨어.

**아빠**　어머니는 젖이 잘 안 나와서 잉어나 떡을 먹었다고 하는데, 나는 아마도 분유를 먹고 자란 것 같아.

**딸**　아빠도 할머니가 안아준 기억이 없어?

**아빠**　응. 기억은 안 나지만 안겨 있는 사진이 남아 있긴 해. 모자를 쓰고 정장을 입은 사진이야.

**딸**　　사진을 찍을 때만 어머니의 마음가짐이 생기는 구나. 그 시절에는 그랬나 봐. 유모도 있고, 가사도우미도 있으니까.

**아빠**　　마쓰다 할머니라는 분이 친자식 이상으로 나를 보살펴줬지. 나중에 생각해보니 그분이 없었으면 어쩔 뻔 했나 싶어.

**딸**　　아빠가 유치원과 초등학교에 다닐 때 마쓰다 할머니가 한겨울이면 고타쓰[탁자 아래에 난로를 두고 이불을 덮은 난방 기구-옮긴이]에 옷을 넣어서 따뜻하게 데워줬다면서?

**아빠**　　옷이 아니라 잠옷이야.

**딸**　　마쓰다 할머니가 없었으면 아이들이 어떻게 되었을지 모를 일이네.

**아빠**　　나도 그렇게 생각해. 두 사람이 별거하고 어머니가 집에서 나간 지 1년 정도 지나서 외삼촌 집에 있다는 것을 알았어. 운전기사가 어머니가 계신 세타가야의 외삼촌 집에 데려다줬지.

**딸**　　그렇게 할머니랑 다시 만났구나.

**아빠**　며칠 뒤에 자전거를 타고 차로 지났던 길을 간신히 떠올리면서 찾아갔는데 뜻밖에도 잘 도착했어. 이후로 일요일은 물론이고 토요일부터 가기도 했지. 아버지는 알고도 묵인했던 것 같아. 어린아이에게는 어머니가 필요하기도 하고, 다른 이유로는 체념했던 거겠지.

**딸**　어릴 때니까 얼마나 마음이 쓸쓸했을까. 어머니를 만날 수 없어서…….

**아빠**　아무래도 핏줄은 핏줄이니까.

**딸**　아오야마뇌병원 의사 선생님들이나 병원 관계자, 제자들, 가사도우미들 사이에 소문이 돌지는 않았어?

**아빠**　음, 잘 기억이 안 나. 기억나는 건 '마쓰松'랑 '우메梅'라는 가사도우미가 있었는데, 새로 온 가사도우미에게 아버지가 "송죽매는 길한 징조니까 자네는 '다케竹'로 하지"라고 멋대로 이름을 갖다 붙였어. 아버지가 무서워서인지 이름이 마음에 안 들어서인지 금방 관둬버리더군.

**딸**　할아버지는 무서운 분이셨지? 유난히 된장국에 집착해서 가사도우미한테 "내일 아침은 무슨 된장국인가?"라고 물었고, "미역과 두부가 들어간 된장국입니다"

라고 대답했다가 부엌 사정으로 다른 음식이 나오면 불같이 화를 내며 "안 돼, 안 돼, 안 돼, 안 돼!"라고 소리질 렀다고 하시더라. 그래서 일이 서툰 가사도우미가 눈물을 글썽였다고 큰어머니한테 들었어.

**아빠**　그랬던 모양이야.

**딸**　호통 치는 소리 못 들었어?

**아빠**　응. 모르겠어.

**딸**　할아버지는 집 밖에서는 남에게 친절해도 가족한테는 안 그랬지?

**아빠**　맞아, 맞아! 아버지는 엄격한 사람이었어. 형도 책에 "식사를 하다가 아버지가 들어오면 아들 모이치와 서로 마주 보고는 입을 다물었다"라고 썼더라.

**딸**　사이토 집안 사람들은 다들 밖에서는 상냥한데 가족한테는 못되게 군단 말이지. 시게타 큰아버지도 밖에서는 웃음기 많고 친절한 선생님이었지만, 집에서는 무서웠다고 모이치 사촌 오빠가 말하더라. 밖에서는 살가운 시게타 선생님이다가도 집에서는 전혀 딴판이어서 그걸 받아들이기까지 시간이 걸렸대. 게다가 시게타 큰아버지가 부부 싸움 도중에 큰어머니를 밀쳤던 적도 있다고 하고. 하여간 다들 남한테만 잘한다니까. 엄마도 나도 마찬가지고.

**아빠**  맞아, 맞아!

**딸**  하지만 할머니는 남한테나 가족한테나 똑같지 않았어?

**아빠**  그렇지. 거리낌이 전혀 없는 사람이었으니까.

**딸**  어렸을 때 아빠는 자라면서 외로웠어?

**아빠**  아니. 그다지 외로워하지는 않았던 것 같은데.

**딸**  지금 생각하면 외로웠다는 느낌이 들어?

**아빠**  우리 집에 가타기리 씨라고 하는 운전기사가 있었는데 나에게 잘해주셨어. 이분은 지금도 살아 계셔. 전쟁 때 어느 관료한테 우리 집 차를 팔았는데 그때 가타기리 씨도 함께 고용되었어. 나중에 그분을 만나서 "어땠어요?"라고 물었더니 "말도 마. 관료라고 어찌나 으스대던지. 그에 비해 모키치 선생님은 친절했지"라고 하더라. 아버지도 욱하는 다혈질로 유명했는데 그 관료는 아버지보다 훨씬 더 거만했던 모양이야.

# 닥터 개복치 육아기

**딸**　아빠는 할머니 보살핌 없이 자랐으니까 내가 외동딸로 태어났을 때, '이 아이만은 외롭게 하지 않겠다'라든가 '부모의 사랑을 듬뿍 줘야지'라는 생각은 없었어?

**아빠**　응. 그런 생각은 없었는데.

**딸**　어째서 없었는지 신기한데……. 왜 없었어?

**아빠**　(곤혹스러운 표정으로) 응?

**딸**　왜 그런 생각이 안 들었어?

**아빠**　글쎄.

**딸**　아빠는 부모님이 별거해서 어머니 없이 자랐잖아. 그러면 보통 '우리 딸은 나처럼 슬픈 마음이 들지 않게 사랑을 듬뿍 주며 키워야지'라거나 '가정에 충실한 아빠가 되어야지'라는 식으로 다들 결심한다고요!

**아빠**　(단호하게) 아니. 그런 마음은 없었는데.

**딸**　그럼 어떤 마음으로 키웠어?

**아빠**　그래도 너를 예뻐한 건 사실이야.

**딸**　육아 방침을 듣고 싶은 거야! 사랑을 듬뿍 주겠

가루이자와에서 아내와 딸과 함께.

다든지 그런 게 있었냐고요.

**아빠**　　응? 그야 너는 좋아했지.

**딸**　　요점을 자꾸 비껴가네(웃음). 좋아했는지 묻는
게 아닌데. 아무튼 내가 어렸을 때 엄마는 허리를 꽉 조
이고 치맛자락이 풍성한 원피스를 입고서 푸딩이나 바바
루아[과일, 우유, 설탕, 달걀 등을 넣어서 젤라틴으로 굳힌 디저
트-옮긴이] 같은 디저트를 직접 만들었어. 마당에는 장미
가 피어 있는, 평화롭고 한적한 생활이었어. 그러고 보면
엄마는 세련된 사람이었네.

**아빠**　　외할아버지인 사이토 기이치도 비슷했어. 그래
서 어머니가 그런 취향을 물려받았겠지. 어머니는 별거할
때 남동생 집에 얹혀 지내면서도 다들 바닥에 이불 깔고
자던 시절에 혼자서 침대를, 그것도 꽤 호화스러운 침대
를 썼을 정도니까.

**딸**　　그 시절에 남편과 별거하고 남동생 집에 들어가
살면서 다들 이불 깔고 자는데 혼자 침대라니, 진짜 못
말려. 눈치가 없어! 할머니는 눈치가 없는 것 같아. 애초
에 눈치를 볼 마음도 없었겠지만.

# 미시마 유키오도 참석한 결혼식

**딸**     엄마는 당시 여성들이 즐겨 읽던 잡지 『생활 수첩』이나 『영양과 요리』, 『부인의 벗』을 보며 여자는 결혼하면 행복해진다고 믿어서 아빠와 미쓰이클럽[일본 미쓰이그룹이 귀빈 접대를 위해 운영하는 숙박 시설-옮긴이]에서 결혼식을 올렸지.

**아빠**     응. 엄마가 스물셋, 아빠가 서른셋일 때야.

**딸**     그런데 할머니는 아빠를 결혼시키고 싶어 했어?

**아빠**     응. 그렇지.

**딸**     어째서? 왜 결혼시키고 싶어 한 거야?

**아빠**     그야, 결혼을 안 하면 곤란하니까.

**딸**     지금은 서른이든 마흔이든 독신인 사람도 있고, 비혼주의인 사람도 있는데. 당시에 서른셋이면 늦은 건가. 미쓰이클럽에서 결혼식을 올렸을 때 에피소드 없어? 식장 계단을 엄마와 팔짱을 끼고 내려오는 게 부끄러워서 아빠는 혀를 빼꼼 내밀었다면서? 결혼식에 미시마 유키오 선생님도 참석해주시고.

**아빠**　미시마 씨는 한참 대선배라서 청첩장을 아예 안 보냈는데, 편집자를 통해서 참석하겠다고 알리시고 결혼식에 와주셨어. 그때 어떤 교수가 인사말로 "모키치 선생님은 능력이 출중하여 의학과 문학을 둘 다 잘하셨지. 장남인 시게타 군은 정신의학, 차남인 소키치 군은 문학을 목표로 시시 분로쿠 같은 문호가 되길 바라네"라고 느닷없이 말하는 거야. 그 말을 듣고 초대했던 아가와 히로유키〔소설가–옮긴이〕 씨가 작게 웃었는데, 미시마 씨는 대놓고 웃음을 터트리시더라.

**딸**　결혼 중매인은 고노 요이치 선생님이었지?

**아빠**　철학자이자 언어학자셨는데, 여러 방면에 해박하고 열 개가 넘는 외국어를 구사하셨어.

**딸**　왜 고노 선생님에게 부탁했어?

**아빠**　교수에게 부탁하면 부하 취급을 당할 테니까. 나는 그 교수가 싫었거든.

**딸**　이날 미시마 유키오 선생님이 했던 연설, 아빠 원고에도 남아 있어?

**아빠**　미시마 씨가 어딘가에 썼을 거야.

**딸**　남아 있으면 재밌겠다.

**아빠**　아마 어떤 잡지에 실렸을 텐데. '연애와 결혼은 별개다'라는 이야기였지. 나는 그날 "수컷 매미는 행복하겠다. 왜냐하면 말 없는 부인이 있으니까. 알겠지? 기미코. 꽥꽥 잔소리하면 안 돼"라고 말했어.

**딸**　아빠가? 신랑이 하객들 앞에서 신부한테 '꽥꽥 잔소리하면 안 돼'라고?

**아빠**　식장에는 백 명 정도의 하객이 있었는데.

**딸**　그 자리에서 갑자기?

**아빠**　아니. 맨 처음에 고노 선생님 말씀이 있었고, 그다음에 내가 이야기했어.

**딸**　중매인이 이야기한 다음에〔일본에서는 결혼식 피로연 때 중매인이 먼저 연설을 한 뒤 내빈들이 차례로 연설을 함-옮긴이〕 바로 아빠가 말했다고?

**아빠**　응.

# 아가와 히로유키의 연설

**딸**　　그날 피로연에서 아가와 히로유키 선생님도 연설하셨어?

**아빠**　　응. "『닥터 개복치 항해기』 서두는 아주 좋았는데, 후반에 갑자기 생생함이 사라졌다. 신부를 생각하느라 그런 게 아닐까"라고 말했지. 그런 일은 없었지만.

**딸**　　어머, 그렇게 말씀하셨단 말이야?

**아빠**　　원래 사회자는 미야와키 슌조〔여행작가이자 편집자-옮긴이〕 씨에게 부탁했는데, 어머니가 미야와키 씨는 목소리가 작다고 해서 나다 이나다〔정신과 의사이자 작가-옮긴이〕 군에게 대신 부탁했어.

**딸**　　목소리가 작다고 사회자를 바꾸다니. 할머니 의견 때문에? 결혼식에 할머니는 참석하셨어?

**아빠**　　했지.

**딸**　　그때도 자신의 의견대로 휘두르셨어?

**아빠**　　아니. 아빠는 그런 거 싫어하니까 부모한테는 연설을 시키지 않았어.

**딸**　　아빠가 좀처럼 결혼을 안 하니까 할머니가 용돈을 미끼로 맞선을 보라고 해서 본 적 있지?

**아빠**　　맞아. 세 번 정도. 그때 형 병원에서 아르바이트를 하면서 월 2만 엔밖에 못 받았거든. 그런데 어떤 선생님이 내가 모키치 아들이니까 돈이 있겠다 싶었는지 "이번 달 인쇄비가 2만 엔 부족한데 어떻게 안 될까"라고 부탁했어. 할 수 없이 2만 엔을 융통해서 줬더니 나중에는 술 마실 돈도 없는 거야. 그래서 결혼할 생각은 없었지만 세 번 정도 맞선을 봤지.

**딸**　　맞선 상대는 양갓집 아가씨였어?

**아빠**　　응. 어머니가 골랐으니까.

**딸**　　왜 그때 결혼 안 했어?

**아빠**　　그때 애인이 있었거든.

**딸**　　호오. 그래서 관둔 거야?

**아빠**　　응. 좀처럼 결혼할 마음이 안 생겼지.

**딸**　　결심이 안 섰던 거야? 그럼 엄마랑은 왜 결혼하려고 했어?

**아빠**　　이대로는 평생 결혼을 못 할 것 같아서. 어떤 파티에서 엄마를 봤는데, 짧은 스커트 아래로 나온 무릎이 귀여워서 사귀기 시작해 결혼했지. 잡지에 "무릎이 귀여워서 결혼했다"라고 썼더니, 한 독자가 "당신은 무릎이 귀엽다는 정도로 결혼을 합니까!"라며 분노하는 편지를 보내기도 했어.

**딸**　맞선 상대는 좋은 집안이었을 텐데, 엄마는 맞선을 볼 만한 집안도 아니잖아. 뒤늦게 결혼을 하게 된 건 역시 사랑이었던 거야?

**아빠**　아무래도 내 취향이 아닌 여자였다면 결혼은 안 했겠지.

**딸**　그런 의미에서 엄마와는 엄청난 인연일지도 몰라! 아빠는 의사 집안 아들이니까 집안끼리 이어주거나 의사끼리 맞선을 보기도 하잖아. 소위 '가문의 번영을 위해서' 말이야.

**아빠**　글쎄.

# 즐거웠던 유년 시절

**딸**     엄마는 '여자는 결혼하면 행복해진다'라는 꿈을 안고 아빠와 결혼했고, 내가 태어났지. 서너 살 무렵에 나는 언제나 엄마가 만든 원피스를 입었어. 게다가 테이블보와 베갯잇에는 엄마가 직접 자수를 놓았어. 그리고 외동딸인 나를 위해서 털실로 모자나 장갑도 짜줬어. 지금은 이렇게 살이 쪘지만, 어릴 땐 입이 짧아서 별로 먹지 못했지.

**아빠**     응, 살쪘지(웃음).

**딸**     엄마는 '가족의 건강을 지키는 것이 아내의 역할'이라면서 나를 튼튼하게 키우려고 유치원 시절에는 항상 식탁에 우유가 있었어. 게다가 우유를 더 먹이려고 밀크 푸딩이나 밀크 바바로아를 만들어주기도 했어. 끼니마다 밥을 가득 주면서 "녹색, 노랑, 빨강 채소를 먹어야 튼튼해져"라고 했어. 녹색 브로콜리와 시금치, 노란 호박, 빨간 당근을 넣은 글라세[채소에 설탕이나 버터를 입혀서 조린 프랑스 요리-옮긴이]나 토마토 샐러드도 만들어주고. 칼

41

슘 섭취를 위해서 빙어 튀김이나 전갱이 난반즈케〔생선이나 고기를 튀긴 것에 파, 고추, 식초를 버무린 요리-옮긴이〕를 만들어서 "몸에 좋은 거니까 머리부터 꼬리까지 다 먹어"라고도 했어. 일본 음식보다는 당시 주부들이 동경하던 채소를 듬뿍 넣은 미네스트로네 수프나 미트로프, 그라탱, 치킨 도리아, 로스트 치킨 같은 서양식 고기 요리가 많았어. 그야말로 요즘 유행하는 '식교육〔다양한 경험을 통해 음식에 관한 지식과 건강한 식생활 능력을 키우는 교육-옮긴이〕'의 최첨단이었지. 마당에는 장미와 튤립이 피어 있고, 6월에는 수국이, 여름에는 해바라기가 활짝 피는 평화로운 일상이었어.

**아빠**　한번은 마당에 래디시 씨앗을 심었는데 네가 신기해하며 잎이 자라는 족족 바로 떼어버리는 바람에 애를 먹었어.

**딸**　아빠는 마쓰모토고등학교〔일본 나가노현 마쓰모토시에 설립된 옛 고등 교육기관-옮긴이〕를 다닐 때 곤충학자가 되고 싶을 정도로 벌레를 좋아했잖아. 그래서 내가 어렸을 때 상자에 개미를 넣고 키우기도 하고, 소라게도 키웠어. 당시에 호랑나비나 배추흰나비 애벌레가 산초나무와 마당의 나무에 잔뜩 있어서 내가 그걸 가지고 놀면 아빠는 "유카는 곤충을 좋아하니까 나중에 커서 곤충학자가 되겠네"라면서 엄청 좋아했어.

**아빠** 　그런데 네 엄마가 벌레를 싫어하니까 너도 좀 더 커서는 싫어하게 되더라.

**딸** 　어느 날 엄마가 키우던 파슬리에 커다란 애벌레가 붙어 있었어. 엄마가 "꺅! 애벌레 들고 오지 마!"라고 하길래 곤충은 무섭고, 손으로 만져서도 안 되고, 소리를 지르게 만드는 것이라고 학습해버렸어. 그러자 아빠는 "바보, 당신이 소리를 지르니까 유카가 벌레를 싫어하게 됐잖아!"라면서 화를 냈어. 그래도 아직은 평온하던 시절이었어.


## 아오야마뇌병원

**아빠** 　아오야마뇌병원이 외할아버지 시절에 망했다고

4,500평 규모의 아오야마뇌병원.

는 해도 아직 중산층에서는 잘사는 편에 속했어. 아오야
마에는 정부의 고위 관료나 사업가가 많이 살아서 동네
아이들은 다들 가쿠슈인〔일본 왕실이나 상류층 자제들이 많
이 다닌 명문 사립학교-옮긴이〕을 다녔지.

**딸**　　모두 가쿠슈인을 다녔어? 그래도 당시에는 게이
오나 와세다도 있었잖아?

**아빠**　　그야 그렇지. 하지만 나는 아오야마뇌병원 집안
의 아들이었어도 다른 애들보다 용돈이 적었어. 초등학
교 때는 용돈도 못 받았어. 설날에 병원에 가서 처음 20
전〔옛 화폐 단위. 1전은 1엔의 100분의 1에 해당함-옮긴이〕 정도
받았나. 아버지의 제자가 용돈을 조금 주더라.

초등학교 2학년 때 '기무라야'라는 빵집이 생겨서 다들
도시락을 안 가져오고 빵을 사 먹었어. 나도 러스크라고
하는 달고 딱딱한 빵이 5전이라서 몇 번 사 먹기는 했지
만, 돈가스 샌드위치는 30전이나 해서 한 번도 못 먹었지.
그런데 여름에 어머니와 하야마에 있는 바다에 가서 식
당에서 점심을 먹는데 기무라야보다 훨씬 그럴싸한 돈가
스 샌드위치가 나왔어. 매일 그걸 먹으니까 세상의 온갖

영화를 다 누리는 기분이었어.

**딸**　　할아버지와 할머니가 별거하던 때지?

**아빠**　　응. 별거했지만 어머니를 만나는 것은 허락을 받아서 초등학교 때 여름 동안에는 하야마의 별장에서 지냈지.

**딸**　　시게타 큰아버지도 함께 갔어?

**아빠**　　딱 한 번. 형은 비행기 마니아여서 하네다에 더글러스 DC-2〔여객기-옮긴이〕를 함께 보러 간 적이 있어. 저녁에 비행기가 착륙을 시도하는데 활주로 거리가 부족해서 세 번이나 다시 날아오르는 거야. 상황이 아주 긴박해서 소방차 여러 대가 활주로로 달려오고 세 번 만에 겨우 착륙해서 한시름 놓았지.

**딸**　　아빠가 일곱 살이면 시게타 큰아버지는 열한 살 위니까 열여덟 살 때네.

**아빠**　　그 시절에는 비행기 격납고까지 들어갈 수 있었는데 박쥐가 팔락팔락 날아다녔어.

**딸**　　우와. 그러고 보니 시게타 큰아버지가 쓴 책을 보면 1928년 무렵에는 일본항공JAL도 전일본공수ANA도

사이토 가문 사람들.
왼쪽 끝에 서 있는 사람이 기타. 가운데에 어머니 데루코와 유카.
오른쪽 끝은 형 사이토 시게타, 시게타의 왼쪽 뒤편이 기타의 부인 기미코.
그 앞이 시게타의 부인 미치코.

없었고 하네다공항도 없었대. 그래서 육군 다치가와 비행
장에서 처음으로 민항기를 탔다더라. 도쿄-오사카 구간
이 30엔이었대.

**아빠**　　아직 산토리를 '고토부키야〔일본 기업 산토리의 옛
이름-옮긴이〕'라고 부르던 시절이었는데, 어느 날 '아카다
마 포트와인' 출시를 기념하는 경품 추첨 행사를 하길래
두 병을 사서 응모했더니 1등에 당첨되었지.

**딸**　　우와!

**아빠**　　1등은 니가타까지 가는 비행기 여행이었는데,
아버지가 위험하다고 반대하는 바람에 팔레트 카메라를
대신 받았어.

**딸**　　그게 몇 년도 이야기야?

**아빠**　　까먹었어.

**딸**　　아빠가 초등학교에 다니던 때겠지?

**아빠**　　아마 그럴 거야.

**딸**　　열 살 정도? 그때쯤이면 시게타 큰아버지는 스
물한 살이니 아이와 어른이네.

**아빠**　　어머니의 불륜 기사가 났던 '댄스홀 사건〔1933년

도쿄 긴자의 댄스홀에서 상류층 부인들의 불륜이 발각되어 사회적으로 큰 충격을 준 사건-옮긴이]'이 일어났을 때 형은 이미 어른이니까 알고 있었을 테고, 병원에서 용돈을 주었는지 여행만 다녔어.

**딸**　　할머니, 할아버지가 별거하실 때 아빠가 여섯 살, 시게타 큰아버지는 열일곱 살이었지. 사춘기로 예민한 시절에 아버지와 어머니가 별거하기 시작한 거잖아. 세간의 시선도 그렇고, 신문 보도를 읽고 큰아버지의 마음이 어땠을까.

**아빠**　　감수성이 예민할 시기였으니까 도망치듯이 여행만 다닌 거겠지.


## 정신과 의사가 된 이유


**딸**　　아까 하던 이야기로 돌아가서 엄마는 요리도 열심히 하고 요즘 유행하는 음식 교육보다 훨씬 이전부터 음식과 건강에 신경을 썼어. 아빠가 여든한 살까지 건강한 건 엄마 덕분이야! 아빠는 건강검진도 받아본 적이 없잖아. 몸속에 암이 퍼져 있을지도 몰라.

**아빠**  (살짝 울컥해서) 아니야. 그렇지 않아!

**딸**  왜?

**아빠**  암은 그 나름의 증상이 있거든.

**딸**  암이 발견되지 않고 노환으로 돌아가시는 노인들도 많다던데.

**아빠**  아빠는 괜찮아. 내가 처음 겪었던 큰 병은 급성 신우염이였어.

**딸**  몇 살 때야?

**아빠**  초등학교 5학년 때로 한 학기를 다니지 못했어. 그때까지는 공부를 꽤 잘해서 아버지도 공부하라고 말하지 않았는데 이후에 곤충에 푹 빠져버리는 바람에 순식간에 성적이 뚝뚝 떨어지고 말았지. 공부는 그렇다 쳐도 체력은 중요한 시절이었어. 아버지는 자식 사랑이 극진해서 마당에 철봉을 만들어주었는데, 나는 기껏해야 세 번밖에 못 했어.

**딸**  세 번? 거꾸로오르기? 턱걸이?

**아빠**　　그냥 매달리기.

**딸**　　어머, 심하다! 매달리기를 세 번밖에 못 했단 말이야? 체력이 없었네.

**아빠**　　그래도 입시 면접에서 "존경하는 인물은 노구치 히데요〔일본의 세균학자-옮긴이〕 선생님"이라고 했더니 면접관이 "무슨 일을 했던 사람인가"라고 물어봤어. 나는 노구치 히데요 전기를 읽었으니까 막힘없이 설명해서 합격했지.

**딸**　　중학교 입시? 아자부중학교를 그렇게 합격했어? 입시 공부는 안 했어?

**아빠**　　거의 안 했지.

**딸**　　그래도 아자부에 합격하던 시절이었나? 당시에도 명문 학교이지 않았어?

**아빠**　　아마 그랬을 거야.

**딸**　　아, 그럼 성적이 꽤 좋았구나.

**아빠**　　형에 비하면 잘했지.

**딸**　　왜?

**아빠**　　형은 공부를 좋아하지 않아서 처음에는 메이지

대학 문학부를 다녔어. 아버지 이야기를 듣고 쇼와의대에 들어가 정신과 의사가 되었어. 처음에는 의사가 될 자신이 없었던 모양이야.

**딸**　할아버지가 의사가 되라고 한 거야?

**아빠**　그랬던 것 같아. 대학을 옮긴 걸 보면.

**딸**　할아버지가 아빠한테는 뒤를 이으라고 말한 적 없어?

**아빠**　딱히 없었어.

**딸**　시게타 큰아버지는 장남이니까 여러모로 힘들었을 텐데 차남은 마음이 편하네. 이렇게 괴짜여도 용납해주니까. 그래도 4,500평이나 되는 아오야마뇌병원인데 보통은 뒤를 잇겠다고 생각하지 않아? 그래서 도호쿠대학에 들어간 거야?

**아빠**　실은 고등학교 시험을 볼 때 곤충학자가 될 생각이었어. 그랬더니 아버지가 "생물학자 두세 명한테 월수입이 얼마인지 알아봤다만, 곤충학자로는 밥벌이가 안돼. 의사가 되거라"라고 말했어. 고등학교 시절에 아버지가 보낸 엽서에는 온통 의사가 되라고 하거나 공부에 매진하라는 이야기만 적혀 있었지. 그 시절에 나는 아버지를 무서워했어. 그런가 하면 "하숙방에 친구가 놀러 오면 그 자리에서 내쫓아라. 이 식권은 아버지가 머리를 숙여서 받은 것이니 혼자서 먹고, 절대 친구에게 주지 마라"라는 편지가 온 적도 있었어. 그래서 친구 두 명이 시험을 본 도호쿠대학 의학부를 가기로 정한 거야. 스스로 내린 결정이었지.

**딸**　도호쿠대학 의학부에서는 성실한 학생이었어?

**아빠**　아니, 공부는 거의 안 했어. 공부에 열심인 친구에게 노트를 빌려서 3일 전부터 방에 틀어박혀 벼락치기로 공부했지. 70점을 받을 정도로만 요점 정리를 만들어서 어떻게든 붙었어.


## 도호쿠대학 의학부 시절


**딸**　도호쿠대학 시절에 센다이에서 춤을 추러 다녔다면서?

**아빠**　연합군이 주둔하면서 댄스 교습소가 여기저기에 생겼거든. 난 박치여서 처음에는 블루스밖에 못 췄고, 블루스 음악도 거의 몰랐어. 하지만 대학 시절이 끝나갈 무렵에 학생을 대상으로 춤을 가르치던 도호쿠대학 교원의 부인이 있었는데, 나한테 관심이 있었는지 자상하게 가르쳐주었어.

**딸**　지르박이나 맘보도 배웠어?

**아빠**　맘보는 몰라. 지르박은 배웠지.

**딸**　왈츠는? 당시에는 그런 게 유행이었잖아. 엄마도 출 줄 알던데.

**아빠**　독일에서 만났을 때 장인어른과 비어홀에 갔을 때 췄지. 아까도 말했지만 왠지 그때 네 엄마는 정말로 지루하다는 표정이었어.

**딸**　아, 독일 함부르크에서 함께 췄구나. 당시에는 일반적으로 댄스홀이 있었잖아. 할머니 사건이 있었는데도 춤에 거부감 같은 건 없었나 봐?

**아빠**　그래도 외할아버지는 자기 딸이 댄스홀 사건으로 문제를 일으킨 적이 있으니까 '춤은 안 된다'라고 말씀하셨던 모양이야. 외할아버지는 자주 어머니한테 "데루코, 네가 사내로 태어났어야 하는데"라며 안타까워하셨다고 들었어.

**딸**　　아빠는 의대에서 공부하며 내과, 외과를 거쳐 정신과 의사가 되기로 한 거야?

**아빠**　　아니. 처음부터 정신과로 정했어.

**딸**　　아, 처음부터 정했구나. 정신과 의사 집안이고, 아오야마뇌병원 환자들을 보면서 자랐으니까.

**아빠**　　그렇지. 아오야마뇌병원에는 누나랑 항상 놀러 갔어. 집이 바로 옆이었으니까.

**딸**　　집이 있어도 병원에 놀러 갔어?

**아빠**　　바로 옆이니까.

**딸**　　그럼 환자도 자유롭게 드나들었어?

**아빠**　　아니. 나갈 수 있는 사람은 극히 일부였어.

**딸**　　당시에 쇠창살 같은 것도 있었나?

**아빠**　　옛날에는 있었지.

**딸**　　병실에서 못 나가게 해서 소동을 피우는 환자도 있었겠네?

**아빠**　　있었지. 그러고 보니 병원 안에 오락실이 있었는데, 당구대에 판자를 올리고 네트를 쳐서 탁구대로 썼어. 거기에서 탁구를 배웠어. 뒤에 공간이 좁아서 상대편 공을 짧게 되받아치는 기술을 익힐 수 있었지.

**딸**　　얼마 전에 엄마와 셋이서 가미코치[일본 나가노현 마쓰모토시에 있는 해발 1,500미터의 산악 명승지-옮긴이]에 갔다 왔잖아. 내가 아빠가 더 늙기 전에 가고 싶은 추억의 장소에 가족 여행을 가자고 하니까 아빠는 "피곤하니까 아무 데도 안 가고 싶어"라고 했지. 하지만 결국에는 "새 양버들 싹이 난 걸 보고 싶네. 가미코치 정도면 가까우니까 가도 좋아"라고 해서 가게 됐어. 아빠는 고등학교 시절을 마쓰모토에서 보냈으니까.

그렇게 신주쿠역에서 아즈사호 기차를 타고 셋이서 가미코치에 갔지. 옛날에 할머니랑 데이코쿠호텔에 묵었던 적이 있긴 하지만, 이번에는 가미코치시미즈야호텔에 묵었잖아. 눈앞에 아즈사가와강이 흐르고 묘진다케나 오타키산, 롯뱌쿠산이나 산본야리, 가스미자와다케가 보여서 반가웠겠네?

**아빠**    응.

**딸**    마쓰모토역에 도착해서 마쓰모토 전철로 신시마시마역까지 작은 전철을 탔는데 주위가 온통 논밭이었어. 내가 고등학교 시절이 그립냐고 물으니까 아빠는 "당시에는 전쟁 중이라 식량을 구하기가 힘들었어. 왜 그리 먹을 게 없었을까"라면서 회상에 잠겼지.

**아빠**    전쟁 당시 마쓰모토에 아버지의 지인이 세 명 정도 계셔서, 대용식품이기는 해도 배불리 먹을 수 있었어. 그때 아버지의 덕을 제일 보았지. 고등학교 시절은 즐겁다면 즐거웠지만, 전쟁이 끝난 직후여서 어려운 시절이었거든. 즐거운 일이라고 해봐야 신슈 지방〔현재 나가노현 일대의 옛 명칭-옮긴이〕에만 사는 곤충을 보던 정도일까. 나중에 오키나와와 브라질에 갔을 때 곤충 채집망을 가지고 갔던 게 그리워지네.

**딸**    얼마 전 가미코치에 갔을 때는 뭐가 제일 반가웠어?

**아빠**    내가 학교 다니던 시절에는 온천 여관이 한 곳밖에 없었어. 이후에 그 동네에서 가장 훌륭한 여관인 고센

자쿠호텔이 생겼지…….

**딸**　　신시마시마역에서 가미코치까지 택시로 이동했을 때 점점 숲이 우거지고, 터널을 두세 개 지났잖아. 그럼 당시에는 가마터널만 있었나 봐?

**아빠**　맞아. 얼마 전에 갔을 땐 5월이었는데도 몹시 추웠잖아. 옛날에는 그렇지 않았는데.

**딸**　　별로 안 추웠어. 아빠는 황록색으로 부푼 새양버들 싹을 보는 게 좋아서 20년 전에 엄마와 둘이서 데이코쿠호텔에 몇 번인가 묵었다면서?

**아빠**　그런 일도 있었지.

**딸**　　새양버들 싹이 필 시기에 딱 맞춰 가기가 어려워서 처음 갔을 때는 너무 일찍 오는 바람에 데이코쿠호텔 베란다에 눈이 남아 있었다고 엄마가 말했어. 두 번째 갔을 때는 이미 숲이 빽빽하게 우거져 있었고. 이번에 갈 때도 언제 가야 하나 고민했는데 볼 수 있어서 다행이야.

**아빠**　흠.

**딸**　　흠이라니. 봐놓고선.

# 꿈에 그리던 가미코치의 추억

**딸**    아빠는 어떻게 가미코치를 좋아하게 됐어?

**아빠**    큰아버지가 마쓰모토고등학교 출신이었어. 전쟁 때 큰아버지가 웨이크섬〔북서태평양에 위치한 미국령 영토-옮긴이〕에 출병했는데, 앨범에 사진이 남아 있었어.

**딸**    가미코치에서 찍은 사진이?

**아빠**    응. 나는 진심으로 적군이 상륙하면 걸어서라도 전장에 가서 적군 전차와 함께 저승길로 갈 생각이었어. 그래서 죽기 전에 꿈에 그리던 가미코치를 보려고 갔지.

**딸**    가미코치가 꿈꾸던 곳이었구나. 하지만 그 시절에는 컬러 사진도 아니었을 텐데 흑백 사진으로 봐도 아름다웠겠지?

**아빠**    흑백 사진이었어. 그 앨범과 곤충을 좋아했거든. 당시에는 온천 여관이 한 곳뿐이었는데 쌀을 가져가야만 묵을 수 있었어. 식사 시간에 곤들매기 요리가 나왔는데 맛이 기가 막혔지. 그 시절엔 동물성 단백질이라고는 거의 없었으니까.

**딸**　　마쓰모토역에서 신시마시마로 가면서 아빠가 "전쟁 당시 밭에서 파를 훔쳐 먹을 정도로 식량난이 심각했다, 유일한 온천 여관에는 쌀을 가지고 가야만 묵을 수 있던 시절이라 아버지 지인의 지인의 지인이 쌀을 마련해 주셨다"라고 했는데.

**아빠**　　쌀을 가지고 가서 묵었어. 그리고 니시호타카산에 올라갔지. 당시는 등산화고 뭐고 없던 시절이었어. 형이 대학생일 때 산에 간다고 만든 등산화를 방공호에 넣어두어서 내가 그걸 신었지. 그런데 사이즈가 너무 컸던데다 당시에는 양말이 얇아서 쓸리니까 상처가 났어. 그래서 지카다비〔발가락이 갈라진 버선에 고무 밑창을 댄 작업화-옮긴이〕로 갈아 신었는데 아파서 혼났지.

**딸**　　지카다비를 신고 산에 올랐단 말이야? 니시호타카는 당일치기로 갈 수 있는 코스인가?

**아빠**　　절벽 앞에 도착하기 전까지 나는 위험한 등산을 할 생각이 없었어. 그런데 모처럼 여기까지 왔으니까 배낭을 내려놓고 맨손으로 오르기 시작했지.

**딸**　　암벽 등반?

**아빠**　응. 정상 근처까지 올랐어. 나중에 들어보니 정상 조금 전이라고 하는데, 거기에서 내려다보이는 경치가 정말 좋아서 그때 이후로 산을 다니게 되었지. 당시에는 다리가 꽤 튼튼했거든.

**딸**　전쟁 중이라 무척 감상에 젖어서 산에 올랐겠다.

**아빠**　맞아, 맞아.

**딸**　더는 목숨이 아깝지 않다는 마음에 이것저것 보고 싶었구나.

**아빠**　죽기 전에 사진으로 보았던 멋진 가미코치를 직접 보고 싶었어.

**딸**　지금 가미코치를 찾는 젊은 사람들에게는 그런 마음이 없을 거야. 그저 여행이거나 산책을 하려고 왔거나 산을 좋아해서 오겠지. 전쟁 속을 살아가는 마음이 어떨지 상상이 안 되네.

**아빠**　전쟁 중에는 죽음의 공포가 가까이에 있어서 자기 목숨에 대해 생각하지 않아. 전쟁이 끝나고 식량이 풍족해지면서 민감한 사람이 자기 자신을 공격하거나 그렇지 않은 사람도 자신과 남을 비교해서 우울증이나 신경증이 오히려 늘었어.

**딸**　　아빠가 엄마와 가미코치에 올랐을 때는 도쿄대
공습으로 도쿄가 허허벌판이 되었을 때인가?

**아빠**　　맞아. 대부분 불에 타서 허허벌판이었어. 그래서
신슈 지방의 자연이 더 아름답게 느껴졌지. 아오야마 일
대는 싹 다 불에 타고 오모테산도는 사체가 산더미처럼
쌓여 있고 길가의 방공호로 도망쳤던 사람들은 새까맣게
타버렸어. 그보다 더 비참할 수는 없었지.

**딸**　　아빠의 소설 『니레 가문 사람들〔기타가 자신의 가
족을 모델로 제2차 세계대전으로 몰락하는 가문의 이야기를 그린
소설-옮긴이〕』에서 불에 탄 사체가 피라미드처럼 쌓여 있
었다는 부분을 읽고 이후에 여성 독자가 "제가 한 거예
요"라며 편지를 보냈다고 했지?

**아빠**　　군대에서 부탁해서 사체를 옮겼다고 해. 그 보답
으로 주먹밥 세 개를 줘서 먹었대. "전쟁 중이었고 배가
고팠으니 먹었지만, 지금 생각하면 잘도 먹었다고 생각합
니다"라는 내용의 편지였어.

**딸**　　그런 전쟁이 한창 벌어질 때 사람은 어떤 마음이

들까. 전쟁이 비참하다고 해도 지금은 텔레비전에서 보거나 책에서 읽는 게 다잖아. 전쟁이 한창인 시기에 가미코치를 보기 위해 산에 오르는 심정을 생각하니 가슴이 울컥하네. 얼마 전에 가미코치에 갔을 때는 예전과 많이 달라져 있었겠네.

**아빠**  관광지로 너무 많이 개발돼서 쓸쓸하더라.

**딸**  산책로도 있었지. 난 중학교 2학년 때 야리가타케에 오르고, 중학교 3학년 때는 기타다케에 올랐어.

**아빠**  흐음.

**딸**  회사에 입사한 지 1년 차 때 5월 연휴에 야리가타케 정상까지 헬리콥터로 스키를 옮겨서 등산하고 스키를 탄 적도 있었어.

**아빠**  그런 적이 있어?

**딸**  스릴 넘치는 산악 스키였지. 이번에 갔을 때는 20년 전보다 훨씬 많이 개방했더라. 캠핑장도 생기고 장애인용 화장실도 있고.

**아빠**  옛날 산들이 그리워.

## 평온했던 신혼 생활

**딸**　　어렸을 때 이야기로 돌아가 볼까. 내가 다섯 살 무렵에는 마당의 산초나무에서 애벌레를 잡으며 평온하게 보냈어. 2층 계단을 올라가면 아빠 서재가 있었는데 그때만 해도 엄마는 "넌 아직 어려서 충치가 생기니까 안 돼"라면서 콜라를 안 줬어. 하지만 아빠 서재에 가면 몰래 마실 수 있었지. 두세 살 무렵 아빠 무릎 위에서 콜라를 마시고 만족해서 계단을 내려가다가 가끔 계단에서 떨어져서 울기도 했어.

**아빠**　　엄마가 "유카한테 슬슬 생리에 대해 가르쳐주면 좋지 않을까"라고 하길래 나도 어머니에게 자위에 관한 이야기를 듣기도 했으니까 "유카, 여자는 일정한 나이가 되면 말이야……"라고 쭈뼛거리며 말했더니 네가 "그런 건 이미 알고 있어"라고 하더라.

**딸**　　유치원 때?

**아빠**　　초등학교.

**딸**　　아, 초등학교.

**아빠**　학교에서 배웠다고 하더군. 역시 시대가 다르다고 생각했지. 옛날에는 성교육 같은 건 없었으니까.

**딸**　초등학교 4학년 때일 거야. 아무튼 유치원 시절은 평온했어. 내가 유치원이나 초등학교에 다닐 때 운동회를 하면 아빠는 한 번도 온 적 없다고 생각했는데, 사실 딱 한 번 온 적이 있어. 유치원 상급반 시절에 엄마가 한 번 정도는 가는 게 어떠냐고 해서 따라온 거지. 하지만 내 재롱 순서가 시작되기도 전에 아빠는 배가 고프다면서 도시락만 먹고 돌아가 버렸어.

**아빠**　맞아, 맞아. 기억나.

**딸**　그래도 유치원 때까지 아빠는 상냥하고 온화한 분위기였지. 편집자분들이 집으로 오셨던가. 당시에는 집에 응접실이 없어서 안 불렀던가?

**아빠**　처음엔 그랬지.

**딸**　그때는 아직 그다지 인기가 없었어?

**아빠**　『닥터 개복치 항해기』부터 팔리기 시작했어. 처음에는 응접실이 없어서 거실에서 회의를 했지.

**딸**　아빠도 그 시절엔 젊었으니까 집에서 회의를 마치고 긴자 같은 곳으로 술을 마시러 나갔어?

**아빠**　　자주 마시러 갔지. 나중에는 집에서 이것저것 대접했어.

**딸**　　아무튼 평온한 나날이었어. 고함을 지르는 일도 없었고. 그치?

2장

어느 날 불쑥 조증이 찾아왔다!

딸이 초등학교 1학년이던 어느 날 아침, 신문지에 "기미코 바보!" 라고 매직펜으로 쓴 메모가 식탁 위에 놓여 있었다. 그날이 기타 모리오의 아내 기미코와 딸 유카까지 휘말리는 처절한 조울증의 시작이었다.

# 조증으로 야단법석!

**딸**　　이제 조증 이야기를 해볼까. 내가 초등학교 1학년 여름에 아빠가 조증에 걸렸다고 생각하는데, 엄마는 의견이 다른 것 같아. 내가 유치원 때 하루는 아빠가 마당을 하염없이 보더래. 엄마가 말을 걸어도 아무런 반응도 없고 가만히 있길래 소설을 구상하는 줄 알았대. 그런데 지금 생각해보면 그 무렵에 아빠가 멍하니 마당을 바라보던 건 우울증이었던 것 같다고 최근에 엄마가 말하더라.

초등학교 1학년 여름에 가루이자와에서 돌아온 뒤 9월 1일에 학기가 시작될 때, "기미코 바보, 기미코가 먼저 자서 내가 모기에 물려버렸잖아!!"라고 아빠가 신문지에 써서 식탁에 놓았잖아. 난 그게 조증의 시작인 것 같아.

**아빠**　　그게 말이야, 원래 가루이자와에서 머물 때는 집으로 오는 우편물을 그쪽에서 받았는데 그때는 일찌감치 도쿄 집으로 보내게 해서 우편물이 쌓여 있었어.

**딸**　　엄마는 아빠가 집에 쌓여 있던 우편물을 정리하라고 시켜서 새벽까지 하다가 지쳐서······.

**아빠**　이른 아침에 엄마가 일어나서 쌓아둔 우편물에 미끄러져서 얼굴을 부딪치는 바람에 피가 났지······.

**딸**　얼굴을 다친 건 더 나중 일이야.

**아빠**　그런가?

**딸**　아무튼 "기미코 바보, 기미코가 먼저 자서 내가 모기에 물려버렸잖아!!"라고 쓴 메모를 초등학교 1학년 때 아침을 먹으면서 봤어. "아빠는 바보라는 말을 안 쓰는데 무슨 일일까?"라고 엄마에게 물었더니 엄마도 의아해했어. 그런데 아빠는 점점 더 기운이 넘치더니 급기야 새벽 5시에 일어나기 시작하더라고.

"영화를 만들고 싶어. 영화를 만들려면 상당한 자금이 필요하니까 오늘부터 주식거래를 할 거야"라고 하더니 증권사와 주식거래를 시작했어. 엄마는 내가 유치원 시절 아빠가 마당을 멍하니 보고 있던 게 우울증이라지만 내가 보기엔 당시 9월이 조증의 시작이었어. 아빠는 언제가 처음인 것 같아? 엄마는 7월 무렵부터 사람이 달라졌다고 하던데.

**아빠**　글쎄, 기억이 안 나네.

**딸**　그런데 본인이 설마 조증이 될 거라고 생각했어?

**아빠**　아니 생각 안 했지(웃음).

**딸**　할아버지나 증조할아버지 중에 조증에 걸렸던 사람이 있어?

**아빠**　형이 가벼운 조증이었지. 계속 활기가 넘치는 상태. 엔도 슈사쿠 씨도 늘 기운이 넘쳤어.

**딸**　아가와 히로유키 선생님은 어때?

**아빠**　아니야. 그 사람은 '조급증'이었어. 걸핏하면 버럭 화를 내서 문단에서 '끓는 주전자'라고 불렀지(웃음).


## 부부 별거


**딸**　초등학교 1학년 때 아빠가 기운이 넘쳐서 증권사와 주식거래를 시작하고 아마도 첫해는 그다지 큰일은 없었던 것 같은데…….

아! 아니다. 첫해부터 난리였어! 아빠가 완전히 딴 사람이 돼서 "이 몸은 원하는 대로 살 테니 집에서 나가"라고 했어. 나는 집에서 가까운 공립초등학교에 다녔는데, 엄마 아빠가 별거하면서 전철로 통학을 해야만 했어. 아빠는 "기미코도 유카도 집에서 나가!"라고 말했어. 당시 대학생이었던, 나중에 출판사에 들어간 청년을 제자로 집에 들여서 내 방에서 지내게 했지. 나와 엄마를 집에서 쫓아내서 나는 외갓집에서 초등학교에 다녀야 했어.

내가 한밤중에 화장실에 가려고 일어났을 때 할머니랑 엄마가 "기미코, 너 언제까지 이 집에 있을 거니? 사위는 어떤 상태인 거야?", "나도 몰라요." 왠지 들어선 안 될 것 같은 대화를 엿듣기도 했어.

엄마도 경황이 없었는지 초등학교에 편지를 보내거나 담임 선생님한테 이야기할 마음의 여유도 없어 보였어. 그래서 내가 교무실에 가서 "오늘부터 이유는 모르겠지만, 할머니 댁에서 전철로 통학을 하게 되었어요"라고 말했어. 그때 딸이 불쌍하다는 생각은 안 들었어?

**아빠**　　그때는 한창 조증에 빠져 있을 때니까.

**딸**　　빠져 있었구나(웃음). 함께 살던 이모가 "형부가 한 지붕 아래 젊은 가사도우미랑 있는데, 언니는 괜찮아?"라면서 걱정했어. 주위에서 모두 걱정하는데 아이였던 나는 그런 건 들으면 안 되는 줄 알았어. 나 역시 환경이 달라져서 전철로 통학해야 했고, 할머니 집에서 밥 먹을 때는 자세가 구부정하다고 야단을 맞았어. 할머니가 "허리 똑바로 펴!"라면서 자로 찰싹 때려서 싫었어.

**아빠**　할머니가 그랬어? 흠.

**딸**　할머니 집은 이노가시라공원역이어서 그렇게 멀지는 않았지만, 나는 갑자기 아빠와 떨어진 거잖아. 그 무렵에 아빠를 잘 따랐고 가사도우미도 있어서 편하게 지냈는데. 어느 날 갑자기 "유카, 자세가 구부정하구나!"라면서 할머니가 자로 때리는데 어찌나 싫던지……. 엄마도 "남기지 말고 다 먹어"라고 하고, 내 방도 없고. '할머니가 빨리 죽어버리면 좋을 텐데!'라고 생각하면서 울었어. 그랬던 할머니지만 아흔 살인 지금까지 건강하시니 다행이야(웃음).

**아빠**　아빠 서재에서 콜라도 못 마시고.

**딸**　그래. 콜라도 못 마시고, 아빠도 없고……. 뭐, 외롭다고 느낀 건 아니었지만. 그래도 가끔 만나러 갔지?

**아빠**    한 번 찾아왔어.

**딸**    한 번만?

**아빠**    그때 있던 가사도우미 이름이 뭐였더라.

**딸**    요짱.

**아빠**    맞다, 요짱. 요짱이 일을 아주 잘했어.


# 아, '마의 9월'


**딸**    초등학교 1학년 때부터 아빠는 웬일인지 여름이 되면 조증 때문에 기운이 넘쳤어. 주식을 하거나 영어 회화를 공부하기도 하고. 하지만 가을이 되면 얌전해지고 겨울이 오면 겨울잠에 들어갔지. 아침에도 자고, 점심에도 자는 상태.

저녁 7시가 돼서 "아빠, NHK 7시 뉴스 하니까 일어나"라고 말하면 파자마 차림으로 일어나서 아무 말 없이 밥을 먹고 침실에 가거나 2층 서재에서 원고를 썼어. 그리고 여름이 되면 다시 기운이 넘치고. 그야말로 '여름은 조증, 겨울은 우울증'이었지.

**아빠**　네 엄마 친구들이 '마의 9월'이라고 말하곤 했어.

**딸**　여름에 가루이자와에서 평소에 만나지 못했던 엔도 슈사쿠 선생님이나 쓰지 구니오 선생님, 이노우에 야스시 선생님과 같이 아빠가 존경하는 작가분들과 즐거운 시간을 보내고 생기를 되찾는가 싶더니 9월에 도쿄에 돌아오면 조증이 시작되었어.

그러다가 주식을 사고팔고, 사고팔고! 증권사 네 곳과 신용거래를 하며 닥치는 대로 사들였지. 엄마가 "여보, 이제 돈 없어요. 적당히 좀 하세요!"라고 말하면 아빠는 늘 "이 몸이 번 돈을 맘대로 쓰는데 뭐가 문제야. 기미코, 이집에서 나가! 친정으로 돌아가!"라고 했어. 기억나?

**아빠**　그랬지.

**딸**　울지는 않아도 슬퍼하던 엄마가 시어머니인 할머니에게 상담을 했더니 "나도 남편과 사이가 안 좋았을 때는 간호사가 되었다고 생각하고 지내라는 말을 들었단다. 너도 간호사가 되었다는 심정으로 남편을 대하렴"이

조증 상태의 어느 날.
침대 위에 책과 잡지가 널브러져 있다.

라고 하시더래.

그런데 갑자기 어느 순간부터 엄마도 기운을 냈어. 아빠가 "이 집에서 나가!"라고 말하면 엄마는 "당신은 환자고, 나는 간호사예요. 게다가 간호사라곤 나 혼자니까 간호부장이라고요. 간호부장은 높은 사람이니까 당신이야말로 내 말 들어요!"라고 말했어.

**아빠**　　그 무렵은 아주 힘들었지…….

**딸**　　힘든 건 엄마였어! 또 남 일처럼 말하네(웃음). 아빠는 걸핏하면 "기미코 바보! 엔도 슈사쿠 씨, 아가와 히로유키 씨 집을 봐. 우리 집보다 더 심하다고! 당신은 작가의 아내로 실격이야!"라고 말했잖아.

나는 당시에 아직 초등학생이어서 아가와 사와코〔아가와 히로유키의 딸-옮긴이〕 씨를 만난 적은 없었지만, 아빠와 엄마가 "사와코는 문단 가족 중에서 제일가는 미소녀"라고 말해서 '그런 사람이 우리 집보다 심한 데서 살다니'라고 생각했어. 사와코 씨도 나처럼 견디고 있다고 생각하니까 얼굴도 모르는 사와코 씨가 마음의 위안이 되더라.

하지만 어른이 돼서 사와코 씨를 만나 물었더니 아가와

히로유키 씨도 "우리 집은 나은 편이다. 기타를 봐라, 엔도를 봐라, 우리보다 더 심각하다고!"라고 말씀하셨대. 엔도 슈사쿠 선생님 댁도 똑같았나 봐. 아드님인 류노스케 씨에게 물어보니 "우리도 그렇게 말했어요"라고 하더라. 세 사람이 각자 말을 맞춘 것처럼 그렇게 말했나 봐(웃음). 그러니까 정말로 아가와 히로유키 선생님과 엔도 슈사쿠 선생님 집이 없었으면 엄마도 참지 않았을 테고, 나도 이보다 더 심한 집은 없다고 생각했어. 마음속에 버팀목이 있어서 다행이었지.

**아빠**　하지만 아가와 씨와 엔도 씨는 모두 훌륭했어.

**딸**　훌륭하다고?

**아빠**　응.

**딸**　부족함이 없으셨다는 거야?

**아빠**　인간으로서 말이야. 아가와 씨는 걸핏하면 화를 내긴 했어도(웃음).

# 3장
## 드디어 우리 집 파산!

조증이 심해진 남편 때문에 친정으로 내쫓긴 아내와 딸. 이후 모녀는 어떻게든 집에 돌아왔지만, 기타는 새벽 5시에 일어나 주식거래에 몰두하다가 끝내 파산에 이른다. 게다가 때와 장소를 가리지 않고 "신이시여"라고 말하거나 "사랑해!"라고 외치는가 하면 '개복치마부제공화국〔조증이 한창이던 1981년 기타 모리오가 일본의 세금이 너무 비싸다며 도쿄 세타가야 자택을 영토로 세운 독립국. 국가명의 '마부제'는 독일 프리츠 랑 감독의 영화 「마부제 박사」에서 따온 것으로, 기타는 조증이 평상시보다 심해지면 자신을 마부제 박사라고 불렀다-옮긴이〕'을 세워 독립을 선언한다. 딸 유카도 옆에서 준비를 돕게 되는데…….

# 파산 선고

**딸**      우울증일 때 아빠는 저녁까지 잤지만, 조증이 오면 주식거래를 해서 새벽 5시면 일어났지. 아침을 먹을 때는 독일인 흉내를 내곤 했어. 식빵에 딸기 잼을 바르면서 "독일인은 단 걸 좋아하니까 잼을 듬뿍 발라야지"라고 하기도 하고, "이번엔 블루베리 잼을 발라볼까"라면서 들떠 있었어. 오믈렛에 케첩을 뿌리고 "이것도 맛있네", 요구르트에 블루베리 잼을 넣어 먹으면서 "맛있어, 맛있어!"라며 엄청 즐거워했어.

학교에서 돌아오면 아빠는 나니와부시[일본 전통 악기 샤미센의 반주에 맞춰서 부르는 노래-옮긴이]를 목청껏 부를 때도 있고, 만화에 빠져 있기도 하고, 떡을 세 개나 먹어 치운 적도 있어. 감정 기복이 심해져서 영화를 보면서 울기도 하고, 여러 일이 있어서 나는 아빠의 조증이 무척 재밌었어. 노래도 불러주고. 다만 힘들었던 점이라고 하면 주식이었지.

출판사에서 돈을 빌리기도 하고, 은행원이 집에 자주 드나들고 난리였잖아. 게다가 증권사에서 전화가 걸려 오면 아빠와 엄마가 전화기 쟁탈전을 벌이기도 하고. 주식만 안 하면 조증이어도 아빠가 즐거워 보여서 엄마도 일단 받아들였는데, 어째서인지 조증에는 꼭 주식 문제가 딸려 오는 거야. 주식만 안 하면 정말 괜찮은데. 그건 정신과 의사로서 봤을 때 왜 그런 거야? 아빠 같은 환자들이 많아? 결국 도박에 빠지는 것과 같은 건가?

**아빠**　글쎄다.

**딸**　글쎄라니. 남 일처럼 말하네(웃음). 중학교 1학년 겨울에는 이상하게 겨울부터 조증이 와서 아빠가 다시 주식을 시작했어. 스키장에 데리고 가면 주식을 안 하겠지 싶어서 엄마랑 셋이서 나에바프린스호텔에 간 거 기억나? 엄마랑 스키를 타고 돌아왔더니 아빠가 호텔 방에 얌전히 있어서 엄마도 나도 마음을 놓았는데 체크아웃할 때 전화 요금이 몇만 엔이 나왔지.

우리가 스키를 타는 동안 아빠는 호텔 방에서 증권사에 전화를 걸어 주식을 사고팔았던 거야. 아빠는 하루 일찍 도쿄에 돌아가고 다음 날 그 사실을 알게 된 엄마는 엄청

화가 났어. 게다가 아빠는 에치고유자와역 승강장에서도 닛케이신문 주식 면을 보고 있었지?

**아빠**　에치고유자와역 승강장에서 주식 면을 읽다가 정신이 팔려서 열차가 온 지도 모르고 놓쳐버렸지. 그 정도로 미쳐 있었어. 부끄러운 일이야.

**딸**　그래서 하루는 내가 초등학교 때 받은 세뱃돈까지 가져다 쓸 정도로 집에 돈이 바닥났어. 그때 잡지『여성세븐』에서 대담 의뢰가 들어왔지.

**아빠**　음, 기억 안 나.

**딸**　대담 의뢰받았잖아. 가수 이노우에 요스이 씨 부인 이시카와 세리 씨를 만나기도 하고, 배우 오카자키 유키 씨를 만나기도 하고.

**아빠**　아, 나는 진행을 맡았어. 게스트 매니저가 "평소에는 아주 내성적인데, 오늘은 이야기를 잘하네요"라면서 좋아했지. 진행자 사례비는 일반적인 대담보다 좀 더 쳐줬어. 우울증이 오면 아무것도 못 하니까 그때를 대비해서 많게는 일주일에 세 번도 한 적 있어.

**딸**　그게 생활비였어?

**아빠**   그 돈으로 어찌어찌 살았지.

**딸**   은행 예금도 바닥나서 내 세뱃돈까지 가져다 썼으니까. 대담 사례비는 은행으로 이체하지 않고 직접 봉투에 현금을 담아서 줬어. 아빠가 현관에서 엄마한테 봉투를 건네면 엄마가 손날을 세웠는데, 이걸 뭐라고 하지?

**아빠**   응. 손날치기[일본의 전통 씨름 경기 스모에서 이긴 선수가 상금을 받을 때 좌, 우, 가운데 방향으로 손날을 세우는 동작-옮긴이].

**딸**   "고마워요"라며 받은 그 돈이 생활비가 될 정도였으니, 정말 심각했네. 그러다가 초등학교 6학년 때 한번 파산했지? 진짜 파산. 하지만 그때는 다들 돈에 대한 감각이 없어졌는지 아빠가 홍콩으로 여행 가자고 해서 당시 가사도우미였던 나나짱까지 다 같이 돈을 빌려서 홍콩에 갔잖아.

**아빠**   달러는 있었으니까.

**딸**   아, 달러는 있었어? 그런데 그 소식을 듣고 누가 화를 냈지? 그렇게 돈이 없다면서 외국 여행을 간다는 게 말이 되느냐면서.

84

**아빠**  사토 아이코〔기타와 함께 동인지 『문예수도』에서 활동한 작가-옮긴이〕였어. 전화가 와서 호되게 혼났지. 그 여자한테 돈 빌린 게 있었거든. 여행 경비는 1인당 5만 엔 정도였는데. "그래도 그러면 안 되죠"라면서 나무라더군.

**딸**  외국 여행을 간 걸 어떻게 아셨어?

**아빠**  음, 내가 말했던 것 같아. 이야기했으니까 혼이 났겠지. 애초에 사토 아이코에게 돈을 왜 빌렸는가 하면, 그 여자의 전남편에게 아빠가 돈을 빌려줬는데 못 돌려받았거든. 내가 "아이짱도 돈을 버니까 조금은 빌린 돈을 갚아도 되지 않겠어?"라고 해서 빌렸지. 답례로 홍콩에서 핸드백을 사다 줬는데 "금속 장식이 금방 망가졌다"라면서 또 화를 냈어.

**딸**  엄마는 "출판사에 가불해달라거나 친구에게 돈 빌리는 짓은 그만둬요"라면서 늘 진저리를 쳤어. 하지만 주식 할 때만 제외하면 영화를 보기도 하고, 나니와부시를 부르거나 중국어를 공부해서 집안 분위기는 아주 밝고 웃음이 넘쳤어. 어느 날 갑자기 '개복치마부제공화국'을 세우겠다면서 지폐와 담배를 만들기도 하고.

**아빠**    맞아. 내가 "유카, 잘 들어. 아빠는 이제 일본에서 독립해 '개복치마부제공화국'을 세울 거야"라고 했지. "국가國歌를 만들었으니 지금부터 부르겠습니다"라면서 저녁 식사 도중에 노래를 부르기도 하고. 세 번 불렀지.

**딸**    개복치마부제공화국 '문화의 날'에는 문화훈장 수여식을 열었고.

**아빠**    마지막에는 매스컴에도 공표했고.

**딸**    사진 잡지 『포커스』도 왔잖아.

**아빠**    방송국에서도 왔지.

**딸**    가가 마리코 씨나 호시 신이치 선생님, 엔도 슈사쿠 선생님, 구라하시 유미코 선생님, 미야와키 슌조 선생님, 오자키 호쓰키 선생님, 오쿠노 다케오 선생님도 문화훈장을 받으셨지. 그리고 어째서인지 아빠는 조증이 되면 아기 말투가 되었어. '~쪄'라는 식으로. 가가 마리코 씨에게 전화를 걸어서 "이번에 닥터 개복치가 문화의 날을 여는데 마리짱 올 수 있쪄?"라고 하더라. 호시 신이치 선생님에게도 전화하는 소릴 들었어.

**아빠**    응. 잘 기억하고 있네.

**딸** 사람들이 "아버님이 조증이실 때 어떤 느낌이었어요?"라는 질문을 자주 하는데 그 당시에는 아무렇지도 않았어.

## 저술업이 뭐야?

**딸** 내가 가장 충격을 받았던 이야기를 해볼까 해. 초등학교 2학년 때 사회 수업에서 선생님이 "지금부터 여러분의 아버지 직업을 원그래프로 그려보겠어요. 아버지가 회사에 다니시는 사람은 손을 드세요"라고 하니 80퍼센트 정도 아이들이 손을 들었어. 다음으로 "아버지가 채소 가게나 세탁소, 라면 가게 하는 자영업자인 사람?"이라고 하자 공립초등학교였으니까 또다시 여러 아이들이 "저요!"라면서 번쩍 손을 들고 대답했지. "그럼 그 외의 사람은?"이라는 물음에 '공무원'이라고 말한 친구를 제외하고 나와 다른 친구 한 명만 대답을 못 했어.

**아빠** 선생님이 아버지 직업을 물어보고 오라고 해서 네가 그날 저녁을 먹으면서 "아빠 직업은 뭐야?"라고 물었지.

**딸**     아빠는 '작가'라고 말하면 될 것을 그때 '저술업'이라고 말했어. 나는 '저술업'이 뭔지 몰라서 당황했어. "저술업이라니, 그런 이상한 직업은 싫어!"라면서 울다가 먹던 것도 뱉었는데 엄마가 "유카, 식사 중에 뱉으면 안 돼. 그만 울어!"라고 화를 내서 또 뱉었지. 작가라고 안 하고 왜 저술업이라고 말했는지 이해가 안 돼.

**아빠**     작가라고 말하면 뭔가 잘난 척하는 것처럼 들리니까.

**딸**     그래. 아빠는 '기타 선생님'이라고 불리는 걸 싫어해서 편집자분들에게도 반드시 '기타 씨'로 불러달라고 했지.

**아빠**     하니야 유타카〔정치평론가이자 소설가-옮긴이〕 씨도 그랬어.

**딸**     작가라고 하면 괜히 잘난 척하는 것 같으니까 저술업이라고 말했구나. 다음 날 학교에 갔더니 친구의 아버지는 음악가였어. 선생님이 "두 사람은 '그 외'에 속하겠구나"라고 말했는데 나는 '그 외 2명'이라는 게 너무 싫어서 집에 와서 또 울었어. 그때 아마 각오를 했던 걸지도 몰라. '그 외'니까.

**아빠**  너는 아빠가 그때 무슨 일을 하는지 정말로 몰랐구나.

**딸**  몰랐어. 아빠는 한밤중에 2층 서재에서 원고를 썼으니까 내가 아침에 등교할 때나 오후에 집에 돌아와도 자고 있었고, 초저녁에도 파자마 차림이었잖아. 어릴 때는 '아빠가 도둑이면 어떡하지'라고 걱정했을 정도로 나는 애초에 작가라는 직업이 있는지도 몰랐어.

**아빠**  네가 하도 울음을 안 그쳐서 엄마가 "도둑보다는 낫지 않니"라고 말했는데 네가 "도둑이 훨씬 멋있어!"라고 하더군.

**딸**  아무튼 뭐가 뭔지는 몰라도 아빠는 내가 초등학교 1학년이었을 때 조증이 와서 6학년 무렵에는 파산까지 했지만 홍콩에 놀러 가기도 하고, 중학교 시절에도 줄곧 조증이었어.

# 초등학생 유카도 취침주를?

**딸**　　그러고 보니 나는 초등학교 2, 3학년 때 아주 예민하고 밥도 잘 먹지 않아 빼빼 마른 아이였어. 게다가 불면증 때문에 좀처럼 잠을 못 이뤄서 한밤중에 아빠 서재에 가면 아빠가 물에 탄 위스키를 마시고 있었어. "아빠, 잠이 안 와"라고 하면 아빠가 주는 술 한 모금을 마시고 잤어.

**아빠**　　술을 준 건 수면제는 위험하다고 생각했기 때문이야.

**딸**　　그렇구나. 얼마나 마셨던 걸까?

**아빠**　　매일 밤 마셨지.

**딸**　　나는 아빠가 준 위스키를 한 모금 마시고 방에 가서 잤어. 그런데 중학교 1학년이 되어서는 학교생활이 바쁘기도 하고, 방과 후 활동을 하면서 피곤하니까 바로 잠들어서 이후로는 전혀 안 마셨지. 지금 생각하면 미성년자한테 술을 주다니.

# 구급대원에게 음료를 권하다

**딸**　　고등학생 때 아침에 잠이 깼는데 식탁 쪽에서 "으으……" 하는 엄마의 신음 소리가 들렸어. 무슨 일인가 싶어 방문을 열었더니 아빠는 바닥에 드러누워 뒹굴고 있고, 엄마는 그 옆에서 웅크리고 앉아 울고 있었어. 아빠가 뇌출혈이 와서 엄마가 우는 줄 알고 "아빠!" 하고 부르며 달려갔는데, 아빠는 "으음, 졸려. 무슨 일이야?"라고 잠이 덜 깬 채 나를 쳐다봤어.

내가 놀라서 "엄마 어떻게 된 거야? 아빠 살아 있어"라면서 엄마를 봤더니 엄마 얼굴에서 코피가 주르륵 흘렀어. "엄마, 괜찮아?"라고 물어도 대답이 없었지.

**아빠**　　조증이었을 때 가루이자와에서 돌아온 날 늦은 밤까지 우편물을 정리하느라고 거실 한쪽에 잡지와 우편물이 쌓여 있었어. 그런데 아침에 엄마가 커튼을 열려다가 그만 우편물을 밟고 미끄러지면서 식탁에 얼굴을 부딪치는 바람에 코피가 난 거야. 코에서 피가 뚝뚝 흘렀어.

**딸**　　내가 "아빠, 엄마가 큰일 났어!"라고 말했는데

"바보야, 이 몸이 더 큰 일이야!"라고 말했지.

**아빠**    그건 기억이 안 나네(시치미).

**딸**    아는 외과 의사에게 전화했더니 구급차를 부르라고 해서 서둘러 구급차를 불렀어. "무슨 일이십니까?"라고 묻길래 "엄마가 쓰러져서 얼굴이 피투성이에요. 도와주세요"라고 전화로 말했지. 목욕 타올과 수건, 갈아입을 옷을 챙기고 구급차가 도착해서 나갔는데 아빠가 먼저 구급차 앞에 가 있었어. 들것에 실려 가는 엄마를 배웅하는 줄 알았는데 운전기사와 구급대원들에게 "이렇게 와주셔서 고맙습니다. 콜라와 레몬 탄산수 중에 뭘 드시겠어요?"라며 묻고 있더라(웃음).

**아빠**    아버지가 우체국 집배원에게 감사 표시로 가끔 팁을 줘서 나도 가루이자와의 산장에 갔을 때 집배원에게 "콜라와 레몬 탄산수 중에 뭘 드릴까요?"라고 물었지.

**딸**    엄마는 그때 일을 얘기하면 지금도 화가 나서 "당신은 내가 다쳐서 죽을지도 모르는데 달려와서 도와주지도 않고, 어떻게 구급대원에게 콜라와 레몬 탄산수 중에 고르라고 할 수 있어요? 당신은 정말 못 말리는 사람이야"라면서 성질을 내지. (웃음) 결국 병원에 가니 엄마는 코뼈가 세게 부딪친 거였어.

**아빠**   아빠와 엄마는 따로따로 쓰러져 있었어.

**딸**   그건 지금 말했어. 엄마는 몹시 화가 났었답니다.

**아빠**   그렇구나.

**딸**   아빠가 주식에 한창 빠졌을 때 엄마가 출판사마다 연락해서 돈을 빌려주지 말라고 부탁했어. 그래서 아빠가 출판사에 돈을 빌려달라고 했을 때 엄마한테 '남편에게 일절 돈을 빌려주지 말라'는 부탁을 받은 담당 편집자가 "안 됩니다. 빌려드릴 수 없어요"라고 거절했지. 그러자 아빠가 "사장 바꿔!"라면서 호통을 치니까 "사장님은 지금 스키장에 계십니다"라고 거짓말로 둘러대셨어. 정말 많은 일이 있었네. 일일이 다 생각이 안 날 정도로.

## 함께 조증을 즐기는 딸

**딸**   초등학교 때 아빠가 대문 앞에 '이 집 주인 현재

발광 중! 모두 주의 바람'이라고 입간판을 내놔서 반 친구들이 다 같이 구경하러 몰려온 적도 있었어. 그런데 난 하나도 창피하지 않았어.

**아빠**　나는 설날부터 내놓으려고 했는데 네가 바로 내놓길 원했지.

**딸**　재미있으니까 지금 바로 내놓자고 했지. 난 옛날부터 재미있는 걸 좋아하는 체질이었거든.

**아빠**　나도 별난 유머 감각이 있는데, 네가 그걸 물려받은 건지 무샤노코지 사네아쓰의 『우정』〔1919년 발표된 청춘 소설로, 한 여자를 둘러싼 젊은이들의 사랑과 갈등을 그리고 있다-옮긴이〕을 읽고…….

**딸**　아빠가 조증일 무렵, 내가 무샤노코지 선생님의 『우정』을 읽고 감격해서 "무샤노코지 선생님은 정말 멋진 작가야! 아빠도 그런 작가가 되면 좋겠다"라고 말했지.

**아빠**　나는 그럴 때마다 "무샤노코지 따윈 시시한데"라고 했어. 너는 밤에 가끔 서재에 와서는 "아빠. 아빠는 혹시 고뇌하고 계신 건가요. 무샤노코지 선생님처럼 고뇌하고 계신 것 아닌가요?"라고 말했어.

**딸**　　무샤노코지 사네아쓰 선생님은 돌멩이나 호박 그림을 그렸잖아. 그래서 내가 "무샤노코지 선생님은 글도 훌륭하지만, 그림도 참 잘 그리셔"라고 하면 아빠는 "바보! 무샤노코지는 이상하게 생긴 돌멩이, 호박이나 그린다고!"라고 했지.

**아빠**　　우리 아버지도 그림 그리는 걸 좋아해서 한 번은 감자를 그리면서 "그깟 무샤〔당시 동료 문인들이 부르던 애칭-옮긴이〕 따위"라며 그렸는데 돌멩이처럼 되어버렸어. "역시 무샤가 더 잘 그리는군. 어쨌든 그놈은 항상 그림을 그리니까"라고 했지.

**딸**　　아무튼 내가 초등학교, 중학교, 고등학교, 대학에 다니는 동안 아빠는 줄곧 심한 조증이었어. 나는 외동딸이어도 가족끼리 해수욕장이나 유원지에 가거나 여행을 떠난 적이 없었고, 초등학교 운동회, 졸업식에 부모님이 와 준 적도 전혀 없었어.

**아빠**　　여름에는 가루이자와 별장에 갔잖니.

**딸**　　아빠는 전부터 그렇게 말하는데, 그건 딸 입장에서는 생활의 거점을 옮기는 것이지, 다른 친구들처럼

여름의 가루이자와. 조증이 한창일 때 사진.
웃통을 벗고 머리에는 젖은 수건, 손에는 목검이 들려 있다.
기타는 "스티브 맥퀸이 웃통 벗고 말을 타고 가다가 미녀와 만나 사랑을 나
눴어. 아빠도 맨몸으로 말을 타면 미녀와 만날지도 몰라"라는 말을 남긴 채
밖으로 나갔다.

가족이 함께 해수욕장에 놀러 가는 거랑은 달라. 물론 가루이자와에서는 즐거웠지만, 아빠는 흔히 가족 여행을 데려가는 아빠들과는 달랐어.

그래도 최근 10년 사이에 아빠도 나이가 들고 내가 결혼해서 아이를 낳으니까 달라졌어. 귀여운 손자에 못 이겨 "어쩔 수가 없네"라면서 지금까지 가지 않았던 홋카이도나 오키나와에 다녀왔잖아.

**아빠** 　작년에 처음으로 셋이 함께 나가사키에도 다녀왔고. 아버지의 노래비를 보려던 건 아니지만, 넌 할아버지가 머물렀던 나가사키에 가서 좋았다고 했지[사이토 모키치는 나가사키의학전문학교 교수로 4년간 재직했음-옮긴이].

**딸** 　6월에는 야마가타에 가서 할아버지 생가인 모리야[모키치가 사이토 가문의 데릴사위가 되기 전의 성-옮긴이] 가문의 집에서 버찌도 땄어. 아빠가 언제 거동이 불편하게 될지 모르지만, 이제 여든한 살이니까 옛날에 못 간 만큼 자주 다녀야겠다고 했지. 꿈꾸던 가족 앨범의 한 장면을 보는 느낌이었어. 가미코지와 유후인에도 갔고……. 내가 어렸을 때 어딘가 데리고 갈 마음이 없었어?

**아빠**　가루이자와에 갔으니까 불만이 없을 줄 알았지.

**딸**　엄마가 자주 말했는데, 엄마는 아빠보다 열 살이나 어려서 아직 젊었으니까 내가 태어나기 전에 어디든 가고 싶었대. 그런데 우에노역에서 어딘가에 가려고 하면 출발할 때부터 아빠는 승강장에서 안절부절못했고 돌아오는 열차 시간을 바꿔서 1분이라도 빨리 돌아가고 싶어 했대. 아빠가 『닥터 개복치 항해기』라든가 『남태평양 낮잠 여행』 같은 책을 써서 세상 사람들은 여행을 좋아하는 줄 알았겠지만, 사실은 여행이라면 질색을 하고 집에서 가만히 있는 걸 가장 좋아했어. 게다가 성질도 급하니까 엄마가 우에노역에서 "그렇게 가기 싫으면 관둬요. 집에 돌아가요"라면서 늘 싸웠다고 말했어.


## 닥터 개복치의 주식 필승법


**딸**　내가 중학교 1학년 때, 나나짱이라는 열일곱 살의 가사도우미가 우리 집에 와서 처음 저녁을 먹는데 아빠가 갑자기 "바보!"라는 말을 내뱉었어.

**아빠**  나는 그때 우울증이라 저녁까지 자고, 식사할 때도 거의 말을 하지 않았지.

**딸**  아빠가 갑자기 '바보!'라고 말하니까 나나짱이 놀라서 엄마와 내 얼굴을 봤는데 둘 다 아무렇지도 않게 밥을 먹더래. 그러다 또 갑자기 "버릇없는 놈!" 하고 말해서 깜짝 놀라 다시 우리 얼굴을 봤는데 또 태연한 거야 (웃음). 몇 년이 지나서 나나짱한테 그 이야기를 듣고 용케 우리 집에서 일을 했다고 말했더니, 이 집에서는 이런 일이 당연한 거라고 생각해서 금방 적응했다고 하더라. 그러고서 나나짱은 우리 집에 완전히 적응했어. 아빠가 조증일 때 "소니 2,000주"라고 말하면 나나짱이 "네. 알겠습니다. 소니 2,000주!"라고 대답하곤 했지. 그건 누구한테 말한 거야? 아빠한테?

**아빠**  중간에 얼마인지 모르니까 증권사에 물어보게 했지.

**딸**  어머, 증권사에 전화를 걸라고 시켰단 말이야?

**아빠**  증권사 네 곳과 거래를 하다 보니 어느 회사에서 뭘 샀는지 헷갈렸거든. "OO 매도, OO 매도"라고 말하고서 다른 증권사에 '매도'라고 해서 뒤죽박죽이 되었지…….

**딸**　　단파방송을 들으며 사고팔 때, 나나짱이 아빠의 기운을 북돋아준 셈이네?

**아빠**　　아니. 그런 건 아니야. 결국엔 내가 한 거지. 그 무렵에는 책이 어느 정도 팔렸기 때문에 영화를 만들 생각이었거든. 처음에는 자금을 벌 요량으로 말이지. 선물 매매나 신용거래면 원래 금액의 3분의 1 정도로 살 수 있었거든. 보통은 싸게 사서 고점에서 팔아야 돈을 버는데, 나는 비쌀 때 무심결에 사곤 했지.

**딸**　　그렇구나. 견디질 못했네!

**아빠**　　맞아.


## 쩌렁쩌렁 울리던 주식 단파방송과 클래식

**딸**　　학교에서 돌아오면 우선 단파방송이 최대 음량으로 틀어져 있어서 현관 밖에서도 소리가 들렸어. 문을 열면 항상 아빠는 엄마랑 싸우고 있었고.

**아빠**　　그랬지. "유카, 들어봐. 엄마는 아빠를 방해만 해! 기분을 가라앉혀야 하니 베토벤과 쇼팽을 듣겠어"라면서 라디오 세 대 가운데 한 대에서 흘러나오던 주식 방송은 그대로 두고 쇼팽과 베토벤을 들었지.

**딸**　　그뿐만이 아니야. "아빠는 조증이라 공부할 의욕이 생겼으니까 영어를 공부할 거야!"라면서 NHK 영어 강좌 교재를 사 왔어. 거기서 끝나지 않고 아이디어가 마구 떠오르는지 "중국어도 공부해야겠어!"라면서 텔레비전 3번 채널에서 하는 중국어 강좌도 틀었지. 그래서 단파방송, 영어, 중국어, 베토벤을 함께 들었잖아.

**아빠**　　아냐. 그렇게 많지는 않았어.

**딸**　　많았어. (웃음) 언젠가 여름에 학교에서 돌아왔더니 문 근처에서 또 엄마랑 싸우는 소리가 들렸는데 집에 들어가니 '어쩌고 몇 엔, 저쩌고 몇 엔'이라면서 주식 방송이 엄청 크게 울렸어. "엄마, 시끄러워! 옆집까지 들리겠어"라고 말하니까 엄마가 "민폐를 끼치면 안 되지"라면서 창문을 다 닫았어. 그때는 아직 에어컨이 없었을 때라 엄청나게 더웠어. 음량은 최대로 해놓고.

내가 그때 중학생이었으니까 학교에서 돌아오면 대개 2시나 3시였어. 엄마는 "3시까지 은행에 입금해야 해. 입금 시간에 늦겠어"라며 서둘러 차를 타고 달려갔고…….

**아빠**　　수표로 낼 때는 네 엄마가 은행에 가면 3시 직전에 출판사에서 보낸 수표가 도착해서 겨우 체결했지.

**딸**　　엄마는 3시 전에 은행에 가서 입금되기를 기다렸는데 좀처럼 입금이 빨리 되지 않았어. 그래서 아슬아슬하게 겨우 입금된 돈을 찾아서 어딘가에 넣는 식이었지?

**아빠**　　응. 악몽 같았어. 무심결에 가격이 올라가면 샀다가 내려가면 팔았어. 거꾸로였지. 비싼 값에 사놓고 떨어진다 싶으면 싼 값에 팔아버렸으니. 조증이라서 잘 판단하지 못했던 거야. 지금 생각하면 그래.

**딸**　　우울증이면 잘 되는 거야?

**아빠**　　아니, 모르겠어.

**딸**　　아무튼 손해가 막심했다고 엄마가 한탄했어.

# 한결같은 과대망상의 나날들

**딸** 　그런데 조증은 감정이 넘치는 거잖아? 아빠는 돈을 벌려는 것보다 "영화를 만들고 싶어. 시나리오도 썼으니까 제작비를 만들어야 해"라고 말했어. 이미 영화감독이 된 것처럼 신이 나서 주식을 시작했지…….

**아빠** 　그 무렵 「치티치티뱅뱅」〔1968년 개봉한 영국의 뮤지컬 영화-옮긴이〕이 인기였는데, 사소한 장면 하나에도 어마어마한 돈이 들어간다고 생각했어.

**딸** 　아빠의 망상은 대단했어! 내가 중학생이었을 때부터 고등학교, 대학 그리고 지금에 이르기까지 조증이 오면 반드시 주식을 시작했어. 회사 네 곳과 거래를 하니까 어디에서 무엇을 샀는지도 모르고, 알아보기 힘든 손글씨로 '일본 전기 1,000주, 소니 몇천 주……'라는 식으로 두서없이 써놓고 바꾸니까 무엇을 샀는지 모르지. 뒤늦게 생각이 나면 2시쯤 돼서 "지금 팔아주세요! 빨리 팔아주세요!"라고 소리를 질렀어. "무슨 소리야? 샀다니까!"라면서 화를 냈는데 알고 보니 그 증권사에서 사지 않았던 거지. 빨리 팔아달라고 말한들 거기선 정말로 안 샀던 거야. (웃음) 다른 증권사였어.

**아빠**　예를 들면 마감 직전에는 거래가 성립하지 않는 경우도 있어서 7분 정도 전에 전화를 했어. 그런데 증권사에서 아무 말이 없는 거야. 그래서 내가 "바보야! 그걸 안 팔면 돈을 못 낸다고. 네 놈이 책임질 거냐!"라면서 성질을 냈더니 어느 날 경찰이 찾아왔어.

**딸**　어머, 경찰이 왔단 말이야?

**아빠**　집에 왔는데 모르는 척 끝까지 주식을 했어. 나중에는 어지간히 부끄러웠지……. 옛날에 채플린이 성공해서 영국에 돌아왔을 때 신문기자는 그가 런던의 빈민굴에서 태어났기 때문에 그곳에 대한 향수를 털어놓으리라고 생각했어. 그런데 채플린은 오히려 "나는 가난이 좋은 것이라고 생각하지 않는다. 가난은 수치심, 높은 신분에 대한 필요 이상의 동경을 갖게 하기 때문이다. 그런데 내가 돈을 많이 벌고 높은 신분의 사람들과 어울려보니, 실제로 그들은 그렇게 대단하지 않았다. 즉 돈은 사물을 공평하게 판단하는 법이다"라고 말이야. 그런 이야기를 경찰한테 했는데…….

**딸**　　경찰은 현관에 서서 계속 듣고만 있었어?

**아빠**　　초반에는 그랬지.

**딸**　　초반이라니, 그다음에는 집 안으로 들어왔어?

**아빠**　　아니. 현관 입구까지만. 그러고서 "이 주식이 괜찮다"라면서 추천을 했는데 아마 안 샀으리라고 생각하지만, 만약 샀으면 어떻게 되었을까 등골이 오싹했지.

**딸**　　아, 주식을 추천했구나.


## 닥터 개복치의 주문


**딸**　　아빠는 조증이 심해지면 아기처럼 말했어. 게다가 엄마랑 셋이서 백화점에 가면 엘리베이터에서 뜬금없는 말을 내뱉었지.

**아빠**　　"사랑해!"라고 했지. 갓 결혼했을 무렵에는 자주 "신이시여!"라거나 "살려줘!"라고 외쳤다더라.

**딸**　　아빠가 "사랑해!"라고 하면 엄마와 나는 남인 것처럼 모르는 척했잖아(웃음).

**아빠**　네 엄마는 도망가려고 했지만 엘리베이터 문이 열릴 때까지 꼼짝 못 했어.

**딸**　"사랑해!"라거나 "테테샹!", "살려줘!"라고도 말했지. 어떤 느낌으로 말했더라? 지금 한 번 해봐.

**아빠**　고등학교 시절에 자주 "살려줘!"라고 말했어.

**딸**　농담으로?

**아빠**　아니. 혼잣말로.

**딸**　고등학교 시절부터 혼잣말이 많았구나. 하지만 그 시절에는 조울증이 아니었잖아?

**아빠**　그러고 보니 아버지의 고향인 야마가타에서는 자주 '~등'을 넣어서 말했어.

**딸**　등? 어떻게 쓰는데?

**아빠**　고등학교 때 '수염 등 깎을까'라고 말하면 다들 웃었지.

**딸**　아무 말에나 '등'을 붙였구나.

**아빠**　'등'을 남발했어.

**딸**　그럼 "밥 등 먹을까"라고 하나.

**아빠**   아버지 수필에도 "사람이 죽으면 친구, 지인이 모여서 음담패설 등을 하고"라는 부분이 있어.

**딸**   아무튼 "살려줘!"는 고등학교 시절에 한 말이고, "사랑해!"는 어디에서 나온 거야? 엄마한테 한 건 맞아?

**아빠**   몰라.

**딸**   엄마가 아닌 거지.

**아빠**   혼잣말이야.

**딸**   마음을 표현한 건가? 사랑한다고?

**아빠**   그냥 막연하게 말한 거야. 스페인이었나? 아가와 히로유키 씨와 여행 중에 내가 뒷자리에서 갑자기 "사랑해!"라고 외쳐서 소름 끼쳤다고 하더라.

**딸**   그리고 '테테샹'이라는 말도 썼어. '테테샹'은 '살려줘'라는 의미로 아빠가 만든 말이지? 주식 매매로 엄마와 싸우다가 절묘한 타이밍에 "테테샹!"이라고 말하는 게 너무 바보 같아서 다들 웃어버렸잖아. '테테샹'이 도대체 뭐야?

**아빠**   옹알이와 비슷하다고 할까. 요코야마 류이치〔만화가-옮긴이〕 씨의 손자는 '아카치바라치이'라고 소리쳤대.

**딸**　　하지만 사람이 꽉 찬 엘리베이터 안에서 "사랑해", "살려줘"라고 하면 옛날이니까 다들 모르는 척하고 넘어갔지, 지금은 무서운 사람이라고 생각할 거야. 잡혀가지 않을까?


## 엔도 슈사쿠 씨의 장난


**딸**　　엔도 슈사쿠 선생님과 낸 대담집에서도 대부분 아기 말투였지.

**아빠**　　그래? 전부는 아니고, 일부만.

**딸**　　엔도 선생님과 대담에서는 반드시 말끝을 '~입니당'이라고 하던데.

**아빠**　　엔도 씨가 교정지를 읽으면서 전부 '~입니당'으로 고쳤어(웃음).

**딸**　　『고리안 VS 개복치』〔1974년 고리안狐狸庵 선생이라고 불리던 엔도 슈사쿠와 닥터 개복치 기타 모리오가 출간한 대담집. 문단에서 친분이 두터웠던 두 사람은 여러 주제를 놓고 시종일관

유쾌한 대화를 주고받는다-옮긴이] 같은 대담집도 엔도 선생님이 교정지를 고치신 거야?

**아빠**    응. 나는 교정지를 거의 안 읽거든. 그러니까 더 그럴 수밖에.

**딸**    "기타 씨는 교정지를 안 보니까 마지막에 엔도 선생님이 기타 씨 말투를 고쳐 놓아서 이상한 사람이 되었다"라는 이야기를 어디서 들은 적이 있어.

**아빠**    아, 그게 말이야. 한번은 엔도 씨 집에서 위스키를 얻어 마셨어. 내가 마시는 모습을 물끄러미 보더니 "자네, 이걸 마셔봐"라면서 처음 보는 국산 위스키를 권하길래 그게 더 좋은 건가 싶어서 마시고 돌아왔어. 나중에 술집에 가서 알아보니까 싸구려더라고.

그런데 엔도 씨가 그날 일을 쓴 에세이를 보면 내가 엔도 씨 집에서 저녁 시간까지 머물면서 "뭐 먹어요? 의외로 맛있는 걸 먹고 있네요. 저도 먹을래요"라면서 밥을 여섯 그릇이나 먹었다고 나와 있더라고.

**딸**    너무하네(웃음).

**아빠**    게다가 "그날 이후 다음 날도 그다음 날도 기타가 찾아와서 당황스러운 마음에 아들에게 망을 보라고 했다. 그런데 아들이 헐레벌떡 뛰어와서는 '기타 씨, 기타 씨가 왔어요'라고 말했다. 기타가 또 밥을 얻어먹으러 온 것이다. 그는 기타 모리오가 아니라 거지 모리오다"라고 썼는데 나는 그해에 술은 얻어먹었어도 밥을 얻어먹은 기억은 없어(웃음).

**딸**　　또 뭐였더라. 가루이자와에서 '오이 사건'이 있었지.

**아빠**　　남은 오이 세 개를 썩히기가 아까워서…….

**딸**　　가루이자와를 떠날 때, 오이 세 개가 남았는데 도쿄에 가지고 갈 수는 없고. 아빠는 전쟁 당시 굶주린 기억이 있어서 먹을 것은 못 버리고.

**아빠**　　그 무렵에는 아직 가루이자와에 별장이 아니라 빌린 산장이었는데 바깥에 작은 욕조가 있었어. 엔도 씨가 늘 "성냥갑 같은 집에서 딱하구먼"이라고 말했지만.

**딸**　　엄마 말로는 냉장고도 없어서 얼음 장수가 얼음을 가져다줘서 생활했다던데.

**아빠**　　글쎄. 어땠더라. 네 엄마도 자주 "그 시절에는 뭘 먹었지?" 하고 얘기해. 연어 통조림이나 토마토, 채소를 먹었어. 하지만 나는 토마토를 싫어했지. 채소와 연어 통조림을 먹거나 가끔 정육점에서 크로켓이나 돈가스를 튀겨서 먹었어. 최고의 진수성찬이었지.

**딸**　　그때 남은 오이를 들고 엔도 선생님에게 갔지. 엔도 선생님이 "수천 평 되는 내 별장에서 우리 아들이 금화를 짤랑거리고 있으니 놀러 오게"라고 했으니까.

**아빠**　　그래. 엔도 씨네 별장을 갔는데 아직 초등학생이었던 아드님이 진짜로 금화를 가지고 있어서 깜짝 놀랐어. 사실은 금화처럼 생긴 초콜릿을 우물우물 먹고 있던 거야. 엔도 씨도 허풍을 참 잘 쳤어.

**딸**　　그날 가져간 오이 세 개를 엔도 선생님은 아무렇지 않게 받아주셨는데 나중에 에세이에는 "기타가 내 집에서 비싼 위스키를 실컷 마시고……."

**아빠**　　아니, "먹고 마신 답례로 준 것이 오이 세 개였다"라고 써서 한 독자가 "기타 씨가 이토록 인색한 줄 몰랐습니다. 실망했어요. 이제 독자를 관두겠습니다"라는 편지를 써 보냈지.

**딸**　　그 에세이는 정말 각색한 거야?

**아빠**　　응. 대부분. 그 무렵부터 '허풍쟁이 엔도'로 유명했어. 인간을 깊이 있게 그려낸 순문학 작가와는 또 다른 모습을 가지고 계셨지.

**딸**　　아빠는 엔도 선생님이 병원에 입원하셨을 당시 문예지에서 대담을 요청해서 찾아갔을 때 처음 뵌 거지?

**아빠**　　아직 게이오대학병원으로 옮기기 전에 작은 병원에 계실 때였지. 그때 아쿠타가와상 이야기를 했던가. 그 후에 게이오대학병원에 입원하셨어. 다음 날 엔도 씨가 수술한다는 이야기를 듣고 출판사 편집자와 함께 병문안을 갔었어.

**딸**　　그때 이미 교류가 있었구나?

**아빠**　　응. 그랬는데 면회가 안 된다는 거야. 엔도 씨는 그 무렵 게이오대학병원에서도 특별한 사람만 들어가는 특별실에 입원해 계셨어. 나도 그때 게이오대학병원 의국에서 근무했고, 게다가 말씨가 정중하다고 특별 병동 담당을 맡고 있었거든. "특별 병동 담당 의사입니다. 그런데도 면회가 왜 안 되지요?"라고 내가 말했더니 간호사가

"규정상 안 됩니다"라고 하는 거야. 하는 수 없이 종이에 큼지막하게 "지금은 의학이 발달해서 괜찮아요"라고 써놓고 돌아왔지.

**딸**　　그렇구나.

**아빠**　　그런데 나중에 엔도 씨가 쓴 에세이를 읽어보니 "기타가 크게 소리치는 것이 들려서 반가운 나머지 나는 '어이, 기타 군!'이라고 부르고 싶었지만, 간호사에게 혼나는 게 무서워서 입을 다물었다. 잠시 뒤 그가 돌아가면서 계단을 헛디뎠는지 '어이쿠, 도와줘'라는 목소리가 들렸다"라고 쓰여 있었어. 이건 거짓말이야. 엔도 씨는 이런 허풍을 잘 쳤어.

**딸**　　아빠가 엔도 선생님의 병문안을 갔을 때 체격이 상당히 좋은 분이라고 생각했다고 했잖아.

**아빠**　　맞아. 그리고 엔도 씨는 고리안 시리즈〔엔도 슈사쿠의 수필 시리즈로 국내에는 『엔도 슈사쿠의 동물기』가 출간되어 있다-옮긴이〕를 쓴 이유가 게이오대학병원의 특별 병동 입원비를 마련하기 위해서라고 말했어. 그러니까 『닥터 개복치 항해기』 같은 가벼운 글은 내가 한발 앞섰던 거야.

**딸**　　맞다. 엔도 선생님 댁에서 했던 파티 이야기를
해볼까. 평소 도쿄에서는 엔도 슈사쿠 선생님이나 극작
가인 야시로 세이치 선생님도 다들 바쁘시니까 만나기가
어렵잖아. 그러니 여름에 가루이자와에서 느긋하게 저녁
식사를 하고 술을 마시는 게 아빠의 즐거움이었지? 외동
딸에 아직 어린 나만 두고 갈 수 없으니 엔도 선생님 댁에
데려갔어. 그 댁에도 아이들이 있었는데 밤이 깊어도 여
름방학이니까 안 자고 놀았지. 사모님이 아드님에게 "류
노스케, 이제 늦었으니까 자야지"라고 말해도 "싫어. 좀
더 놀래"라고 말하는 걸 듣고 나는 한참 동생이었지만
"류짱, 혼자서 자는 게 무서워서 방에 안 가는 거지?"라
고 말했어.

**아빠**　　아냐. "화장실에 가는 게 무섭지?"라고 말했어.
그건 그렇고 류노스케가 게이오고등학교 장기부여서 장
기를 두곤 했는데 내가 번번이 졌어. 이런 어린애에게 질
리가 없다 싶어 술을 마시고 다시 두었는데 또 지고 말았
지. 한번은 엔도 씨와 대국을 했는데, 엔도 씨는 어차피
약하다고 생각했지만 류노스케한테 '이시다 류의 귀신

114

죽이기'라는 기습 전법을 배워서 써먹는 건 아닌가 걱정했어. 나도 한참 옛날이라 기억이 가물가물해서 내 방식대로 하려는데, 문제는 엔도 씨가 엉터리로 공격을 해온단 말이지. 상대방이 서툴기 때문에 공격하면 왕을 둘러쌀 여유가 없었어. 게다가 공격에 응하면 나도 둘러쌀 수 없고.

그때 난 옷을 차려입고 방석에 앉아 장기를 두었는데 기보를 기록하는 담당자도 있었어. 난처하게도 일반 잡지뿐만 아니라 전문 잡지에도 그날 대국에 관한 기사가 실려서 "장기란 왕을 둘러싸며 하는 법인데, 기타의 장기 실력은 형편없다"라면서 항의하는 독자들의 편지가 왔어.

**딸**　　그리고 엔도 선생님 댁에서 술을 마실 때, 엔도 선생님이 사람들에게 "요새 유행하는 「몽키 드라이버」라는 노래를 아십니까?"라고 물으셨어.

**아빠**　　"미국에서 유행 중인 「몽키 드라이버」라는 노래를 아나?", "모릅니다", "자네는 인텔리니까 알고 있겠지. 뉴욕에서 유행 중인데", "글쎄요?"라고 대답하면 "원숭이 가마꾼이다. 어기영차 어여차 어기영차 어여차♪"라면서

엔도 슈사쿠(왼쪽 끝) 집에서 파티를 하는 모습.

엔도가 "원숭이 가마꾼이다……" 노래를 부르기 시작하는 순간.

엔도 씨의 오른쪽은 기타의 부인 기미코, 왼쪽부터 야시로 세이치, 유카,

마리야 도모코, 야시로 아사코, 엔도의 부인 준코, 기타, 야마자키 요코.

불렀어.

**딸**　　엔도 선생님은 장난을 참 좋아하셨어. 야시로
세이치 선생님의 큰 따님 아사코 씨가 극단 분가쿠자 배
우였고, 작은 따님 마리야 도모코 씨도 당시 다카라즈카
〔일본 효고현의 여성으로만 이루어진 극단-옮긴이〕 배우였어.
두 분이 분장을 하고 드레스를 입고 「제비꽃이 필 무렵」
을 불렀어. 부케를 들고 춤을 췄지.

동요 작가이자 뮤지컬 각본가인 야마자키 요코 씨는 옛
날에 다카라즈카에서 여자 역을 연기했던 경험이 있어서
누군가에게 안긴 것처럼 "당신, 이러지 마요. 아잉" 하고
가슴에 손을 올리는 연기를 했어. 모두가 술을 마시며 구
경하는데 당시에 초등학생이었던 나는 '어른이 되면 이렇
게 실컷 웃고 즐거운 거구나'라고 생각했어. 그야말로 위
스키가 어울리는 시대였지. 그 밖에도 이노우에 야스시
선생님 댁에 찾아가니 건강을 위해서 진향법 체조〔고관절
을 중심으로 호흡에 맞춰 스트레칭을 하는 생활 체조-옮긴이〕를
하고 계셨는데…….

**아빠**　　몸을 유연하게 만드는 진향법이라는 체조를 하

고 있었지.

**딸**　"건강의 비결이야"라면서 정좌 비슷한 신기한 자세를 하고 계셨어. 그리고 쓰지 구니오 선생님과도 사이가 좋았잖아? 고등학교도 함께 다녔고. 쓰지 선생님이 마음이 가장 통하는 친구였어?

**아빠**　그렇지. 아가와 씨도 그렇고.

**딸**　아가와 선생님은 건강하셔서 다행이다.

**아빠**　이제 나이를 먹을 만큼 먹었지. 큰 개를 키우고 있어. 산책에 데려가는 게 좋은 모양이야.

**딸**　개를 키우면 산책도 꾸준히 할 수 있으니까. 아빠보다 일곱 살 위니까 여든여덟이신가? 얼마 전에도 『어른의 식견』이라는 책을 내시기도 했고. 아가와 선생님을 좀 더 자주 뵈어야겠어.

**아빠**　욱하는 성질 때문에 같이 마작을 하면 금방 화를 내. 하지만 나에게는 거의 화를 내지 않았어. 변변찮은 후배라서 화도 안 나는가 봐. 모키치의 아들이어서 그런 걸 수도 있고.

옛날에 뉴칼레도니아에서 프런티어스피릿호라고 하는 크

루즈선을 타고 그 일대를 돌다가 마지막에 과달카날섬[태평양의 솔로몬제도에 위치한 화산섬-옮긴이]까지 갔어. 그때 네 엄마가 얕은 물에서 스노클링을 하고 싶다고 하니까 아가와 씨는 일본인 여성 두세 명을 데려와서 배 안에 있는 수영장에서 가르쳐주었어. 그이도 남에게는 친절했어. 잠깐 강연을 한다고 해서 나도 같이 갔지. 그리고 아가와 씨, 시시 분로쿠의 부인, 히라이와 유미에 씨와 함께 퀸엘리자베스 2호를 타고 여행한 적도 있어.

**딸**　　할머니도 갔잖아.

**아빠**　　아, 맞다. 히라이와 씨가 그때 항해가 가장 즐거웠다고 썼지. 아직 배가 도쿄만에 있을 때 어머니가 "아가와 씨, 이 배에는 소바 같은 건 없어?"라고 묻더라. 처음에 조금 나온 캐비어는 맛있었는데 생선을 먹더니 "맛이 형편없네"라고 바로 불평을 해댔어. 그러니까 나까지 맛없게 느껴지는 거야. 어머니가 아가와 씨에게 "하나 먹을래요?"라고 했는데 그가 "괜찮아요"라고 거절하니까 "그럼 소키치, 네가 먹어라"라고 하는 거야. 그래서 "난 어머니의 쓰레기통이 아니에요"라고 했지.

**딸**     할머니답다(웃음).

**아빠**     식사를 마치면 바에서 술을 마시고 싶은데 어머니는 길눈이 어두워서 객실까지 바래다주지 않으면 항상 길을 잃어버렸어. 그러고 보니 그때 크루즈 여행에서 입었던 턱시도는 홍콩에서 원단을 산 거였지. 홍콩에서는 싸게 만들어주니까. 턱시도를 입었는데 나비넥타이를 혼자서 못 매겠더라고. 그래서 어머니한테 가서 해달라고 했지. 시시 분로쿠의 부인은 친절한 사람이어서 가끔 어머니를 객실까지 데려다주었어. 뱃멀미가 심했던 어머니가 그 여행에서는 한 번도 토하지 않아서 다행이었어.

## 개복치마부제공화국

**딸**     1980년 아빠가 조증이었을 때, 일본에서 독립한 '개복치마부제공화국'을 세우고 '문화의 날'을 세 번 개최했어. 일본의 '문화의 날'을 모방해 마당에서 표창장 수여식을 열었지.

제2회 '개복치마부제공화국 문화의 날' 모습.
문화훈장을 받는 엔도 슈사쿠.
중앙에는 즐거워 보이는 유카.

**아빠**　　그때가 쉰세 살 무렵일 거야. 조증이었을 때인데, 뛰어나면서도 어딘가 특이한 사람이 퍼뜩 떠오르면 상을 줬어. 예를 들면 고지마 기쿠에 씨라는 신초샤의 내 담당 편집자에게 "당신은 미시마 유키오, 단 가즈오를 담당하여 일본의 문화를 크게 드높였습니다. 동시에 기타모리오와 같은 신통찮은 작가에게 다수의 졸작을 쓰도록 하여 일본 문학을 크게 추락시켰습니다. 이처럼 오르락내리락하는 모습을 보여주었으므로 시소상을 수여합니다"라고 했지.

**딸**　　국기와 상장도 만들고 꽃다발도 증정했어.

**아빠**　　상장은 문예 평론가 오쿠노 다케오 씨 장녀의 남편인 모모세 도모히로 씨가 화가여서 표창장 그림을 그려주었어. 그리고 지폐도 만들었지.

**딸**　　개복치마부제공화국 지폐.

**아빠**　　마부제였나. 동전도 만들어서 돈이 많이 들었어. 지폐는 두 번 증쇄했고. 최고 1,000만 마부제까지 있었어.

**딸**　　훈장과 담배도 만들었지.

마부제 지폐와 동전.
1마부제가 1엔, 동전은 1만 마부제,
지폐는 1만, 10만, 50만 마부제가 있다.
지폐 일러스트는 다니우치 로쿠로.

**아빠** 맞다. 담배도 만들었어. 내가 조증 시기에 뒹굴던 사진을 담뱃갑에 인쇄했지. 처음에 근처 담배 가게에 부탁해서 '건강을 위해 담배를 실컷 피우세요'라고 인쇄하려고 하니까 전매공사(현 일본담배산업주식회사) 사람이 찾아와서 그건 아무래도 곤란하다고 말하더라. '기타 모리오 왈, 건강을 위해 더욱 담배를 즐깁시다' 정도는 괜찮다고.

**딸** 처음에 '실컷 피우세요'라고 인쇄했지.

**아빠** 응. 전매공사 사람이 이거는 아무래도 너무 심하다고. 자기네 회사 상표인데 말이지.

**딸** 이것저것 만드느라 꽤 돈이 들었어. 그리고 국가도 있었지. 불러볼래?

**아빠** (난처한 표정) 싫어.

**딸** 첫 소절만 살짝 불러봐. 어떤 건지.

**아빠** ♪ 자그마한 배에 드러누워 우리는 드넓은 푸른 바다를 떠다닌다 두둥실 두둥실 두둥실 ♪

**딸** …….

**아빠** ♪ (이제 그만해도 될 만큼 열창하는 중) ♪

**딸**    너무 길어져서 어디서 손뼉을 쳐야 할지 모르겠네(웃음).

**아빠**    그리고 당시 스위스가 영세 중립을 유지할 수 있던 배경에 적절한 무장과 국민에게 일주일간 병역을 부과하는 제도가 있다는 점을 참고해서 무기 행진도 했어.

**딸**    무기로는 장난감 기관총과 권총, 한신 타이거스의 가케후 선수가 준 야구 방망이를 들고 마당에서 행진했지.

**아빠**    국민은 네 엄마와 너 그리고 가사도우미까지 세 명. 준국민은 내 문학을 연구하던 아오다 군과 마에다 군, 『닥터 개복치 항해기』를 번역한 매카시 군까지 세 명. 우주 최소 국가를 지향하며 헬멧을 쓰고 손에는 기관총과 가케후 선수가 준 야구 방망이, 10만 엔짜리 승마용 채찍을 들었어. 이것은 마조히스트가 공격해왔을 때 사용하는 거야. 나는 세 사람의 행진을 보며 손을 흔들었지.

**딸**    집 마당에서 말이지.

**아빠**    국가도 혼자 불렀어.

**딸**    처음 문화의 날을 개최할 때 난 중학교 1학년이

'개복치마부제공화국'의 국가를 부르는 주석.
뒤편의 국기는 아내 기미코가 제작. 국기 계양, 무기 행진이 이어진다.

었어. 마당 베란다에 국민 세 명과 준국민 세 명 그리고 마당에는 손님들까지 쉰 명 정도가 있었어.

**아빠**　행사가 끝나고 집에서 파티를 하느라 지출이 상당했지.

**딸**　국기는 엄마가 한밤중에 바느질을 해서 만들었어. 조증으로 다퉜던 날 밤에…….

**아빠**　주식을 관두지 않으면 국기를 만들어주지 않겠다는 거야. 파리에서 사 온 부엉이 장식물을 문양으로 디자인해서 한가운데에 자수를 놓았지. 토마스 만이 미국에서 '다가올 민주주의의 승리'라는 주제로 강연을 다니던 시절에 나치에게 쫓겨서 미국으로 망명했어. "내가 미국에서 민주주의를 이야기하는 것은 아테네에 부엉이를 가지고 오는 것과 마찬가지다"라면서. 그 시절에 아테네에서 부엉이는 신성한 여신의 상징이니까 아직 많았던 모양이야. 나는 국가를 부르고 이어진 파티에서 녹초가 되어서 이후에는 쇄국해버렸지(웃음).

**딸**　조증이 한바탕 지나가고 우울증이 왔을 때, 난리를 피웠던 일을 떠올리면 어떤 기분이 들어?

**아빠**　악몽이지.

**딸**　악몽 같아? 즐거웠던 추억이 아니고?

**아빠**　아무래도 부끄럽지.

**딸**　나는 아빠가 조증일 때 시끌벅적해서 재미있었는데.

**아빠**　우울증일 때는 거의 말이 없어서 지루했지? 내가 조증이 오면 너는 즐거워했어. 크기 전까지는.

**딸**　맞아.


## 코로와 차코 이야기


**아빠**　옛날에 키우던 코로라는 귀여운 몰티즈는 내가 조증이 와서 시끄럽게 굴면 멍멍 하고 짖었지. 그 모습을 보고 너는 재미있어하고…….

**딸**　유치원 때 "동생을 갖고 싶어"라고 하니까 엄마가 수의사 친구한테 갓 태어난 새하얀 개를 데려왔어. 코로가 내 동생이 된 거지. 코로는 열여덟 살까지 건강하게 지내줬어.

**아빠**    코로 귀여웠지.

**딸**    초등학교 1학년 무렵에 엄마가 크리스마스 날 전나무 묘목을 사 왔어. 화분에 심고 현관에 두었는데 가지에 하얀 솜을 올리면 눈이 내린 것처럼 보였지. 엄마와 크리스마스 쿠키를 만들어서 나뭇가지에 장식으로 걸면 코로가 잽싸게 뛰어올라서 먹었어. 그 모습이 어찌나 귀엽던지.

**아빠**    한번은 코로에게 소 뼈다귀를 주었는데 정신없이 마당의 잔디를 파더니 묻더라. 거기에 작은 오두막이 있었는데 그쪽에 가까이 가면 으르렁거렸어. 옛날에 만화에서 개가 뼈다귀를 앞에 두고 으르렁대는 장면이 있었는데, 본능이란 참 신기한 거야.

매년 여름 가루이자와에 갈 때 현관에 짐을 잔뜩 내놓으면 오늘 출발인 걸 알고 멍멍 짖고 난리를 쳐서 차 조수석에 앉혔지. 짐을 다 싣고 녀석을 내려놓으려고 하니까 이리저리 뛰어다니며 짖어댔어. 어쩔 수 없이 조수석 발밑에 두면 가만히 앉아서 몇 시간이고 출발할 때까지 기다렸어.

**딸**　　조수석에 자기만의 자리가 있어서 현관에 내놓은 짐을 차에 싣기 시작하면 미리 가서 앉아 있었어.

**아빠**　　자길 두고 가면 안 된다는 거지. 귀여운 녀석. 그리고 차코라는 고양이도 있었잖아. 길고양이가 창고에서 새끼 고양이 세 마리를 낳았고, 두 마리는 귀여워서 얻어 가는 사람이 있었는데 못생긴 차코만 데려가겠다는 사람이 없어서 우리 집에서 키우게 되었지. 가루이자와에 갈 때는 수의사한테 수면제 주사를 맞혀서 데려갔어. 여름에는 더우니까 방 안에서 엎드려 누워 있기만 하고. 차코가 마당에서 놀다가 집으로 들어오면 네 엄마가 발바닥을 닦는 게 싫어서 달아나곤 했잖아.

**딸**　　집 안에 들어올 때 말이지?

**아빠**　　네 엄마는 "얄미워 죽겠다"라면서 씩씩거렸어(웃음). 내가 새벽까지 깨어 있으면 야옹 소리 한번 내지 않고 방충망 바깥에서 기다렸어. 방 안으로 들이면 바로 부엌에 가서 밥을 먹었지. 목덜미를 처음 만졌을 때 골골거리는 소리를 냈어. 네 엄마한테 "차코를 잡았다"라고 말하니까 "어머, 용케 잡았네"라고 했지.

**딸**　　생각나.

**아빠**　　네가 회사에 들어갔을 무렵에 "엄마, 큰일이야! 일어났는데 부엌에 다른 고양이가 차코 밥을 먹고 있었어"라는 메모를 남긴 적이 있어. 어딘가에서 고양이가 집 안으로 들어와서 2층으로 도망친 거야. 네 엄마가 겁을 주면 나오겠지 싶어 청소기를 윙윙 돌렸는데 오히려 겁을 먹었는지 더 안 나왔어.

그런데 계단에서 나를 보고 도망치길래 옛 괴담에 등장하는 요괴가 생각나서 현관문을 열어두었지. 그랬더니 폴짝 뛰어내려서 도망쳐버렸어.

**딸**　　2, 3일 정도 있었나?

**아빠**　　맞아!

**딸**　　몰티즈 코로는 털이 복슬복슬해서 더운 여름에는 딱하다고 어느 날 수의사 선생님께 가서 바리캉으로 바싹 밀었더니 양처럼 되어버렸지. 그날 집에 돌아와서 "차코, 코로가 왔어"라고 하니까 코로를 보자마자 등을 한껏 추켜세웠어. 평소에 잘 지냈는데 왜 그랬을까. 보통

동물은 냄새로 적과 내 편을 구분하지 않나?

**아빠**　그 전에 치비라는 고양이도 있었어. 치비는 태어날 때부터 개와 자라서 개를 안 무서워했어. 코로한테 먼저 덤벼들기도 하고 몸싸움도 했지. 물론 고양이는 제멋대로니까 텔레비전 밑으로 도망가거나 하면 코로가 더 놀아달라고 멍멍 하고 짖었어. 그럴 때 치비는 가만히 있다가 코로가 포기하고 돌아서면 그제야 슬며시 다가가서 순식간에 덤벼들었어.

**딸**　당시 학교에서 돌아오는 길에 버려진 고양이가 많았어. 전봇대 아래 상자에 들어 있던 고양이 두세 마리를 가져오기도 하고, 창고에서 길고양이가 낳은 새끼를 키우기도 했지. 검은 고양이와 차코가 태어났을 때, 어느 편집자가 시인 요시유키 리에 씨가 고양이를 키우고 싶어 한다고 해서 보여주러 갔어. 요시유키 씨는 그 고양이가 아주 마음에 들었는지 고양이가 나오는 작품까지 썼어.

**아빠**　그런 일도 있었지.

**딸**　편집자 말에 따르면 요시유키 리에 씨는 키우던 고양이가 죽어서 약간 우울증이 있던 모양인데, 고양이

옛 가루이자와의 별장 마당에서 반려견 몰티즈 코로와 함께.
딸 유카가 네 살 무렵.

가 온 뒤 기운을 되찾고 좋은 작품을 쓸 수 있었다나 봐.

**아빠**　　그랬구나. 어머니는 차코를 아주 싫어해서 "유카는 좋아할지 모르지만 나라면 이런 못생긴 고양이는 갖다 버리겠어"라고 말했지. 하지만 코로만은 예뻐했는데, 어째서인지 어머니가 발을 잡아당겨도 얌전히 있었어. 평소에 신경이 예민한 개니까 네가 그 모습을 보고 깜짝 놀라서 "코로는 할머니를 특별한 사람이라고 생각하는 게 아닐까"라고 말했지.

**딸**　　몸집이 작은 코로는 겁도 많고 예민해서 조금만 세게 만져도 짖으면서 화를 내거나 잘못 안으면 으르렁거렸으니까 정말 신기했어. 할머니는 개와 고양이 다 싫어했는데 옛날에 집에 눌러앉은 고양이가 있었대. 그 고양이가 너무 싫어서 다마가와까지 버리러 갔는데 집을 찾아와서 다시 버렸다고 들었는데 진짜야?

**아빠**　　아주 먼 곳에 버렸지.

**딸**　　할머니는 그 정도로 고양이와 개를 싫어했는데, 코로와는 궁합이 좋았나 보네.

# 반려견에게 영어를 가르치다

**딸**    우울증이 오면 아빠는 개나 고양이를 대하는 게 달라졌어.

**아빠**    응. 아무래도 우울증이 오면 기력도 없으니까.

**딸**    별로 귀여워하지 않았어.

**아빠**    응.

**딸**    코로와 함께 자주 산책하러 갔지.

**아빠**    응. 울타리를 나서면 산책하러 가는 걸 알고 멍멍 짖으며 뛰어다녔어. 밖에 나가면 제 영역에 가서 전봇대에 오줌을 조금 싸고 다음 전봇대에 가서 또 싸고 했지. 코로가 늙어 망령이 나서 자꾸만 집 밖으로 나가는 바람에 다 같이 찾으러 다니기도 하고. 결국 네 엄마가 기타자와경찰서에 신고했지. '미아견' 신고는 없을 줄 알았는데 버젓이 있더라고. 근처에 사는 한 부인이 데려다가 꼬질꼬질해진 녀석을 깨끗이 씻겨주었더라. 네 엄마가 답례로 과자와 상품권을 건네니까 그 부인이 "상품권까지 받으면 앞으로 모든 개를 데려가고 싶어질 테니 과자만 받을게요"라고 말했대. 멋진 분이야. 하지만 코로가 늙어가는 건 속상했어.

**딸**　　　마당에 코로를 내놓으면 같은 곳을 빙글빙글 돌았잖아. 귓속의 반고리관이 나빠져서 그랬던 것 같아.

**아빠**　　코로가 소파에 오줌을 싸서 네 엄마가 "코로, 안 돼"라고 혼냈는데, 코로가 죽은 뒤 "늙어서 오줌을 싼 거로 그렇게 혼내는 게 아니었는데"라면서 울먹이더라.

**딸**　　　요즘 반려동물을 키우는 집들이 많은데, 키우던 개가 점점 노견이 되어서 의식이 흐려지는 걸 보면서 힘들어하는 사람들이 많대. 집 근처에도 밤에 멍멍 짖는 개가 있잖아. 그건 사실 치매가 와서 그런 건가 봐. 좁은 곳에 들어가서 스스로 빠져나오지 못하고 우는 개도 있대. 인간과 마찬가지로 백내장이나 치주염에 걸리기도 하고. 코로도 만년에는 귀가 안 들려서 "코로"하고 불러도 돌아보지 않았잖아. 내가 대학교 4학년 때 코로는 열여덟 살이었는데 그때는 이미 예전에 풍성했던 털도 다 빠져버렸고⋯⋯.

**아빠**　　내가 너랑 볼을 비비면 멍멍 하고 짖었지.

**딸**　　샘나서.

**아빠**　　네 엄마가 "자기한테도 해달라는 거야"라면서 쓰다듬으면 드러누워서 배를 보여줬어.

**딸**　　가족이라고 생각한 거야. 아빠가 조증으로 난리였을 때 코로도 있는 힘껏 짖어댔거든.

**아빠**　　아, 영어!

**딸**　　아빠가 코로에게 영어를 가르쳤지!

**아빠**　　'하우스' 하면 자기 집으로 들어갔어. '컴온' 하면 오고. '웨이트' 하면 기다렸지.

**딸**　　얌전히 앉아서 기다렸어.

**아빠**　　그리고 '오케이' 하면 비엔나소시지를 먹었지.

**딸**　　비엔나소시지를 꺼내놓고 '웨이트'라고 말하면 얌전히 기다리다가 '오케이' 하면 덥석 물어서 먹는 걸 보고 아빠는 "정말 똑똑한 개야!"라면서 좋아했어. 그리고 '바우'라고 하면 짖었잖아.

**아빠**　　아, '바우바우'라고 말하면 짖었어!

**딸**　　코로도 바빴구나(웃음).

# 한밤의 나방 대소동

**딸**　　아빠가 조증이었을 때 정신없이 나방을 쫓아다니던 게 생각나! 여름에 가루이자와에 갔을 때 말이야. 내가 취업했을 무렵이었던 것 같은데, 금요일 저녁에 퇴근하고 가루이자와로 출발해서 밤에 도착하면 집 전체에 불을 환하게 켜놓고, 창문도 전부 열어서 아빠가 나비와 나방을 잡겠다고 곤충 채집망을 휘두르고 있었어(웃음).

**아빠**　　내가 풍뎅이를 좋아해서 신슈의 마쓰모토에 사는 유명한 풍뎅이 수집가인 히라사와 반메이 씨가 표본을 많이 주셨어. 커다란 액자에 넣어서 2층에 장식해놓았는데 나이가 드니 관리를 할 수가 없어서 돌려주는 김에 나방이나 풍뎅이를 잡았던 거야.

**딸**　　보답하는 느낌으로?

**아빠**　　응.

**딸**　　그거 민폐야.

**아빠**　　(딱 잘라서) 아니야. 그렇지 않아.

**딸**　　보답이라고 하지만 아빠는 집에서 날아다니는 나방을 곤충 채집망을 휘둘러서 잡잖아. 채집망으로 탁탁 내리쳐서 손으로 눌러 죽이고 신문지 위에 꺼내면 날개가 너덜거려서 끔찍했다고……. 게다가 나방 가루가 떨어져서 완전 최악이야!

**아빠**  아니야, 안 그래.

**딸**  그랬어!

**아빠**  하지만 수집가들은 풍뎅이를 주고받기도 하니까 어느 정도는 유용했을 거야.

**딸**  떠올리기만 해도 징그러워! 신문지 위에 바싹 말라서 죽었는데 "기미코, 유카, 건들면 안 돼!"라면서 못 치우게 했어. 그래서 바닥에는 온통 신문이 깔려 있고 죽은 벌레 천지였어. 아빠는 벌레를 죽인다기보다 때렸어.

**아빠**  가볍게 친 거지.

**딸**  가볍게 쳐서 기절시키는 거야?

**아빠**  음, 그런 셈인데…….

**딸**  징그러워. 생각만 해도 싫어.

**아빠**  실은 그중에 몇 마리는 안 죽었나 봐. 도쿄에 돌아간 뒤 알을 낳은 건지 먹을 것이 없으니까 소파 천을 갉아 먹은 적도 있었어.

**딸**      뭐? 벌레 탓을 할 게 아니라 아빠가 그러면 안 되지! 한밤중에 창문을 다 열어놓아서 나방들이 온통 집안에 들어왔다고! 불도 환하게 켜놓고 창문을 열어서 나방을 모았어. 가루이자와 숲에 사는 나방이란 나방은 다 왔을 거야. 징그러워! 게다가 마당 랜턴에 붙은 벌레를 잡겠다고 채집망으로 탁탁 치다가 유리가 깨졌잖아.

**아빠**      그게 말이야. 옛날에는 나방이 꽤 많았어. 지금은 거의 없지만. 너도 어린 시절에는 벌레를 좋아했는데, 네 엄마가 나방을 무서워하니까 싫어하게 되었지.

**딸**      징그러워. 집 안에서도 날아다녔단 말이야. 그걸 망으로 잡으니까 '정신 나간 사람' 같았어. 그런데도 아빠는 제대로 된 유익한 물물교환이라는 거야?

**아빠**      응(싱긋 웃는다).

**딸**      하지만 상대방은 그런 너덜거리는 나비나 나방을 기뻐하지 않았을 거야.

**아빠**      그 사람이 "이거 엄청 희귀한 거예요"라고 말했는데.

**딸**　　무슨 말이라도 해야 했겠지. 아빠가 줬으니까! 그러고 보니 저기에 있는 (응접실 구석에 장식된 상자를 가리키며) 하얀 건 뭐야? 방금 봤는데.

**아빠**　　그건 마다가스카에서…….

**딸**　　나비? 나방? (뚜껑을 열고 깜짝 놀람) 으악.

**아빠**　　이건 세계에서 가장 큰 나방이야.

**딸**　　이거 어디서 났어? 샀어?

**아빠**　　누가 줬어. 그리고 요나구니지마에 있는 아틀라스나방이라고 하는 녀석도 한 마리 잡은 적이 있지.

**딸**　　지금 나가노현 마쓰모토시에서 아빠의 곤충 전시회를 하고 있다던데, 이미 끝났으려나?

**아빠**　　아니 아직 하고 있어.

**딸**　　제목이 뭐였더라?

**아빠**　　닥터 개복치 곤충전.

**딸**　　잠깐 보러 가는 게 좋지 않을까. 아빠한테 여러 표본이 있잖아?

**아빠**　　아니. 『닥터 개복치 곤충기』에 나오는 벌레를 어떤 사람이 모아서 전시를 연 모양이야.

**딸**   아, 그런 거야? 아빠가 수집한 곤충이 아니고?

**아빠**   응. 내 건 이미 전부 공습 때 불타버렸지.

**딸**   최근에 모았던 건 어쨌어? 내가 취직한 뒤에 물물교환을 했던 거라든지.

**아빠**   전쟁이 끝나고 마쓰모토에 가서 많이 잡기도 하고, 오키나와나 브라질에서 잡은 게 조금 있어. 그건 전부 오쿠모토 다이사부로[수필가이자 곤충박물관 관장-옮긴이] 씨에게 줘버렸어.

**딸**   가루이자와에서 나방을 잡느라 한바탕 벌였던 소동은 우울증이 온 뒤에 부끄럽지 않았어?

**아빠**   그야 부끄럽지요.

**딸**   태연하게 말하지 않았으면 좋겠는데 말이지.


## 조증이냐 우울증이냐, 그것이 문제로다


**딸**   아빠는 조증이 오면 정말 바빠 보였어. 새벽 무렵부터 닛케이신문이 오길 기다리다가 5시가 되면 우편

함에서 꺼내와 빨간색 펜으로 동그라미를 치면서 주식면을 읽었어.

**아빠**     옛날에 주가지수는 닛케이에서만 나왔거든.

**딸**     아침 5시 정도에 준비를 마치고, 증권사는 9시부터였지만 8시 반이면 이미 담당자가 나와 있으니 8시부터 전화를 걸어 주식을 사기 시작했지. 식탁에는 "기미코, 포카리스웨트를 준비해줘", "사다 놔줘", "몇 번을 말해야 알겠어!"라고 쓴 메모가 잔뜩 꾸깃꾸깃해져 있었어. 주식 때문에 엄마는 앉아 점심 먹을 여유도 없어서 서서밥을 먹었지. 3시 전에는 어떻게든 입금해야 된다면서.

그런데 우울증이 오면 점점 아침에 일어나지 않게 됐어. 내가 학교 가는 8시가 되어도 아직 자는 거지. "아빠 일어나는 시간이 늦어졌네"라고 엄마와 이야기하고 오후 3시에 학교에서 돌아와도 자고 있는 날이 점점 늘어났어.

"아빠, 다녀왔습니다"라고 말해도 자고 있어서 엄마한테 "아빠, 우울증 온 거 아니야?"라고 물었지. 점심에 일어나던 아빠가 저녁 6시, 7시에도 안 일어나서 "아빠, NHK 7시 뉴스야. 저녁 먹으니까 일어나"라고 깨우게 되면 완전히 우울증에 걸렸다는 사인이었어. 그때는 주식에는 관심이 싹 사라져 있었지.

**아빠**　맞아.

**딸**　어디에 몇천 주를 샀고 어떻게 했는지, 빚은 얼마나 되는지 완전히 잊어버리는 거야?

**아빠**　그건 아니지. 전부 메모해두었으니까.

**딸**　메모는 했지만 완전히 무관심해지지. 신기하게도 말이야.

**아빠**　우울증이 오면 저녁까지 자니까 내 건강이 걱정돼서 두 사람이 산책에 데리고 나갔지. 엄마는 팔짱을 끼고 걷게 했지만, 내가 "힘들어서 더는 안 되겠다"라고 말해도 너는 "안 돼. 하네기공원을 한 바퀴 돌아야 해!"라면서 손을 끌어당겼어. 한창 농구를 했으니까 힘도 얼마나 세던지.

**딸**　고등학교 때였지.

**아빠**　정말 팔이 떨어져 나가는 줄 알았지 뭐야.

**딸**　집에 가만히 있으니까 건강을 위해서 억지로라도 산책을 시킨 거야.

**아빠**　엄마가 "이제 그만 일어나요"라면서 이불을 걷어내기도 했어.

**딸**　하지만 우울증일 때 더 좋은 글을 쓰지 않았어?

**아빠**　아니, 그렇지 않아.

**딸**　역시 조증일 때가 나은가?

**아빠**　조증일 때가 원고의 완성도가 좋지.

**딸**　그런가. 담당 편집자는 조증일 때는 휘갈겨 써서 그다지 좋은 글은 안 나온다고 말씀하셨는데.

**아빠**　아니야. 우울증일 때는 거의 쓰질 못했어. 흐리멍덩한 상태여서.

**딸**　우울증에서 조증으로 옮겨가는 과정에서 가벼운 조증일 때가 좋을 수도 있겠다. 조증이 절정에 이르면…….

**아빠**　역시 엉망진창이 되지(웃음).

**딸**　그리고 빚을 갚기 위해 에세이를 써야 해서 바빠졌지. 『니레 가문 사람들』은 언제 썼어? 아빠가 몇 살일 때야?

**아빠**　『닥터 개복치 항해기』 다음이지. 결혼하고 바로 그전에 했던 취재를 다시 시작했어.

**딸**　　그럼 역시 조울증이었을 무렵이네.

**아빠**　　아니. 아직 오지 않았을 때야. 매일같이 밤을 새우고 2층 서재에서 내려오면 바깥에서 닭이 울었지.


## 「데쓰코의 방」을 납치하다


**딸**　　「데쓰코의 방」[일본의 여배우 구로야나기 데쓰코가 1976년부터 진행하는 TV 토크쇼-옮긴이]에 나갔던 것도 조증 시기의 추억이지. 아빠는 세 번 출연했지?

**아빠**　　응. 처음에 출연 요청이 왔을 때는 우울증이라 거절했다가 얼마 지나서 "지금은 조증이니까 출연할게요"라고 했어.

**딸**　　두 번째는 조증일 때여서 "지금은 조증이니까 나가게 해달라"고 편지를 썼잖아?

**아빠**　　맞아. 시청률이 잘 나왔다는 답변이 와서 내가 먼저 "앞으로 두 번 더 출연할게요"라고 지원했지.

**딸**　　그때는 처음부터 두 번 연달아 출연할 작정으로 양복 두 벌을 가지고 갔잖아.

**아빠**　　응. 처음에는 캐주얼한 정장에, 카라코람 등반대에 참가할 때 입었던 파란색 작업복까지 들고 갔지.

**딸**　　그리고 검은 선글라스.

**아빠**　　선글라스가 아니고 설맹〔눈이 많이 쌓인 곳에서 눈에 반사된 햇빛의 자외선이 눈을 자극하여 일어나는 염증-옮긴이〕을 방지하기 위한 까만 안경이야.

**딸**　　그때 나니와부시를 실컷 부르지 않았어?

**아빠**　　그랬지.

**딸**　　보통 「데쓰코의 방」에서 데쓰코 씨는 자기 흐름대로 자연스럽게 진행하는데, 아빠가 멋대로 떠들어대는 바람에 "광고 보고 오겠습니다"라고 말할 틈도 없었어.

**아빠**　　응. "이제 광고입니다"라는데 내가 "광고 따위 상관없어요"라고 했지.

**딸**　　그러고는 "내일도 나올게요"라고 말했어. 정말 끝나자마자 어느새 카라코람 때 복장으로 갈아입고 나타났지. 이틀 연달아 출연한 사람은 별로 없다던데. 아빠는

조증일 때 「데쓰코의 방」에 출연한 모습.
방송이 끝나고 나서도 이야기를 멈추지 않았다.

데쓰코 씨가 마무리 멘트를 할 때도 제멋대로 계속 떠들
어댔잖아.

**아빠**　　응. 조증이었으니까(웃음).

**딸**　　아빠가 계속 떠드느라 방송이 중간에 뚝 끝나버
렸어. 정말이지 폐를 많이 끼쳤어.


## 열광, 한신 타이거스


**딸**　　한신 타이거스에 푹 빠졌던 것도 조증일 때지.

**아빠**　　내가 대학 시절에는 다이너마이트 타선이라서
4, 5점을 바로 때리는데, 투수가 약해서 상대 팀에게 다
잡혀서 졌어. 요시다 감독 시절에 한신 타이거스 구단 홍
보실에 전화해 요시다 감독의 집 전화번호를 물었어. 감
독 부인과 통화하다가 "죽음의 로드〔매년 8월에 실시하는 한
신 타이거스의 장기 원정 경기-옮긴이〕에서 감독은 가장 지치
는 법이니까 하루의 절반은 자도록 하고 만일의 상황에
서는 코치가 깨워서 투수를 교체하거나 대타를 내보내면

된다"라고 충고를 해줬지.

**딸**　어머, 말도 안 돼!

**아빠**　그런데 당시에 부인이 "어떻게 집 전화번호를 사람들이 알아내는지 타이거스가 지는 날엔 비난하는 전화가 걸려 온다"라고 하더라.

이후에는 한신 타이거스 구단 홍보실에 전화를 걸었는데, 그 사람들도 다들 경기를 보러 가 있으니까 좀처럼 받질 않더라고. 겨우 받으면 "투수 이제 한계니까 빨리 교체하라고 요시다 감독한테 전해!"라고 말했지만 들어줄 리가 없지.

**딸**　"기타 모리오입니다만"이라고 말했지.

**아빠**　응.

**딸**　엄마랑 나는 민폐니까 제발 그만두라고 전화를 말리느라 바빴어. 한신 타이거스 홍보 담당자는 아빠가 여기저기서 팬이라고 말해서 알게 된 거야?

**아빠**　가케후가 우리 집에 와서 사인 방망이를 줬어.

**딸**　우리 집에 오셨다고? 가케후 선수라면 그렇게 옛날도 아니지 않나.

개복치마부제공화국의 무기,
한신 타이거스 가케후 선수가 준 야구 방망이를 든 조증 시기의 기타.
자택 응접실에서.

**아빠**　응. 가케후는 아직 살아 있으니까. 다만 그이는 드래프트 1위가 아니었지만 개막전에서 4할 가까이 쳐서 금방 1군이 되었지.

**딸**　아빠의 한신 타이거즈 사랑은 엄청났어. 라디오와 텔레비전을 반드시 다 틀어놓고 가부좌 자세일 때 타자가 공을 치면 줄곧 그 상태로 있었잖아. 노래를 부를 때 치면 계속 노래를 부르고. 독자들이 한신 응원복과 수건, 노란색[한신 타이거즈 유니폼을 상징하는 색-옮긴이] 물건을 집에 잔뜩 보내서 집 안에 한신 타이거즈 굿즈가 가득했더랬어.

**아빠**　그거 절반은 내가 샀던 거야.

**딸**　그런데 요시다 감독 집에 전화까지 한 줄은 몰랐네.

**아빠**　몰래 걸었을 거야.

4장

천진난만한 딸과 아버지의 폭소 생활

조증 당시 아내 기미코에게 남긴 횡설수설로 가득한 메모를 몹시 부끄러워하는 기타. 딸 유카와 보낸 섣달그믐과 디즈니랜드에서 함께한 시간은 즐거웠다. 그러나 그곳에서도 평범한 가족에게는 있을 수 없는 사건이 기다리고 있었다.

# 공부보다 중요한 것

**딸**　　내가 중학교, 고등학교에 다닐 때 아빠는 한 번도 공부하라고 말한 적이 없었어. 책을 읽으라고는 자주 말하긴 했지만 "성적 어땠어?" 같은 말은 한 번도 한 적 없어. 고등학교 시절엔 "너네 학교는 여고야, 공학이야?"라고 물은 적도 있지. "중학교부터 남녀공학이었어"라고 대답했더니 "아, 그렇군" 하곤 전혀 관심이 없었어.

**아빠**　　내가 다녔던 옛 고등학교는 공부보다는 인격을 기르는 오래된 전통이 있었어.

**딸**　　성적보다 인성을 중시한 건가.

**아빠**　　그렇지.

**딸**　　중학교 때 늦은 밤까지 중간고사나 기말고사 공부를 하는데 아빠가 "유카, 뭐하니"라고 물어서 "내일 시험이라서 공부 중이야"라고 대답했어. 그러니까 아빠가 "눈 나빠지니까 얼른 자"라고 했던 적도 있어.

**아빠**　　그랬나?

**딸**　　내가 "성적이 떨어지니까 싫어"라고 말했는데

"됐으니까 빨리 자"라고 했어. 나는 말을 잘 듣는 아이니까 "그럼 안녕히 주무세요" 말하고 진짜로 자버려서 성적은 언제나 60점이었어. 엄마도 성적을 물어본 적이 없었고. 게다가 중학교, 고등학교, 대학까지 입학시험 없이 들어갔잖아. 처음에 대학에 입학해서 외부에서 시험을 보고 들어온 친구들이 "성적은 어땠어?"라거나 "시나영, 외우기 힘들었지"라고 이야기하는데 내가 "시나영이 뭐야?"라고 물어보니까 다들 "시험에 나오는 영단어, 몰라?"라면서 엄청 놀랐어.

**아빠**　　나는 중학교 5년간 대부분 공장에 동원되었다가 끝날 무렵에 도손[소설가-옮긴이]이나 하쿠슈[시인-옮긴이]의 시를 처음 접하고 자연스럽게 책을 읽었어. 특히 고등학교에 들어간 뒤에는 아버지의 첫 시집인 『적광』, 『옥돌』의 선집인 『아침의 반딧불이』 같은 작품을 읽고 아버지를 존경하게 되었지.

**딸**　　아빠가 학창 시절에 물리 시험지 뒷면에 시를 쓴 일화는 유명하지.

**아빠**　　아, '연인이여. 이 세상에 물리학이 있음은 바다

156

같이, 산같이 서글픈 일이다'라고 시작되는 장편 시를 써서 합격점에 못 미치는 59점을 받았어. 어느 날 선생님께서 "똑같은 답안을 보는 건 괴로우니, 더 써주게"라고 말하시더라.

**딸**　그 선생님은 지금 어느 노인 요양원에서 지내신다고 들었어.

**아빠**　그래?

**딸**　저번에 선생님 사촌을 우연히 만났어. "기타 씨가 답안지 뒷면에 시를 썼던 물리 선생님의 사촌입니다"라면서 인사를 하시더라고.

**아빠**　전에 아드님에게 편지를 쓴 적이 있지.

**딸**　그 시절엔 그런 유머러스한 선생님들이 계셨네.

**아빠**　맞아.

**딸**　시험 문제는 어려웠어?

**아빠**　하나도 몰랐어.

**딸**　그럼 정말 0점인 건데, 시를 썼더니 59점으로 해주셔서 낙제를 면했던 거야?

**아빠**　응.

**딸**　　대단하다! 그렇게 인심이 후한 선생님이 계시던 시절이었구나. 지금은 그런 멋진 선생님은 안 계실 텐데. 아빠는 후줄근한 옷차림에 게다를 신고 고등학교에 다녔잖아. 쓰지 구니오 선생님도 그랬어?

**아빠**　　아니. 그 사람은 멋쟁이였어.

**딸**　　댄디한 차림이었을까. 쓰지 선생님은 이것저것 공부하다가 낙제하셨지. 처음에는 아빠의 선배였는데 동기였다가 후배가 되었잖아.

**아빠**　　맞아.

**딸**　　쓰지 선생님은 왜 그렇게 자주 낙제나 유급을 하셨어?

**아빠**　　그래도 학교에서 가장 학식이 있었지.

**딸**　　학교 공부보다 문학 작품에 몰두했어?

**아빠**　　응. 당시에는 그런 사람이 많았어. 그 시절에는 말이야. 단순히 공부만 하고 점수만 따려는 사람은 그다지 존경을 받지 못했지.

**딸**　　흐음. 기숙사 생활할 때는 누군가의 방에서 이야기를 나누기도 했지?

**아빠**　　응. '잡담 모임'이 가장 중요했지. 노래를 부르는 '가락 모임'도 있었어. 잡담 모임에서는 인생에 관해 이것저것 이야기를 나눴어. 이게 가장 도움이 되었지.

**딸**　　그때는 아직 할아버지가 살아 계셨지?

**아빠**　　맞아.

**딸**　　그럼 도호쿠대학 의학부에 들어갈 때는 성적이 좋았겠네?

**아빠**　　나빴어. 그래서 아버지한테 자주 혼났지. 아버지는 성적에 욕심이 많아서 공부를 열심히 했거든.


## 닥터 개복치의 허언집


**딸**　　실은 아빠가 조증일 때 엄마한테 쓴 메모가 많이 남아 있어. 엄마가 전부 가지고 있었대. "기미코 바보! 얼음을 꺼내놓으라고 했는데, 안 내놨잖아", "보살핌을 받지 못하는 남편"이라든가 "포카리스웨트를 사두라고 했잖아. 기미코 바보!"라고 쓴 메모가 수십 장이나 있어.

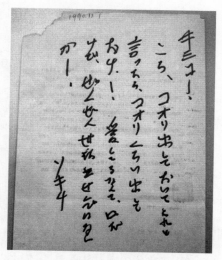

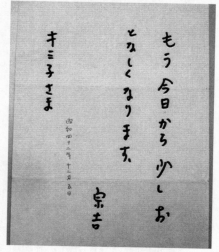

"기미코 님. 오늘부터 조금 얌전해지겠습니다. 소키치."
아내에게 남긴 다양한 메모.

**아빠**　(눈앞에 산처럼 쌓인 종이들을 펼쳐보며) 이렇게 많을 줄은 몰랐네.

**딸**　"사랑하는 기미코에게. 얼음을 가득 넣은 포카리스웨트를 주세요. 얌전해진 남편", "기미코! 얼음을 꺼내달라고 하면 얼음 정도는 꺼내두라고! 말만 사랑한다고 하고, 전혀 신경을 안 쓰잖아! 소키치", "기미코님께. 아침에 우체국에 전화해서 ○○까지 우편물을 이 집에 배달되게 해주세요. 목요일부터는 가루이자와에 갑니다. 당신과 부부애를 나누고 싶어요. 소키치, 1990년 9월 15일 오전 3시. 이건 나중에 비싸게 팔릴 거야. 만일을 위해, 기타 모리오"라고 써놨네. 1990년이라면 18년 전이야. 아주 오래전은 아니네.

**아빠**　"기미코에게. 아사히신문과 요미우리신문을 현관에 놓아두었어요. SF영화 비디오를 반납해야 해서 6시쯤 저녁을 먹으면서 봤더니 뭐가 뭔지 모르겠어. 지금은 7시 반."

**딸**　(둘이서 교대로 읽기 시작) "겨우 다 먹기는 했는데 딱딱하고."

**아빠**　"역시나 식욕이 없어서 조금 남겼어. 크로켓은 소스가 없어서 싱거웠어. 하지만 오늘은 느긋하게 휴식을 취하고 저녁도 많이 먹을 테니 걱정하지 마세요. 가루이자와에 가는 길은 모쪼록 주의해서 천천히 운전하세요."

**딸**　"갓난아기는 소중하다. 소키치", 응? '갓난아기는 소중하다'라니. 내가 태어났을 때 말하는 거 아니야? 그럼 그때부터 아빠는 메모광이었던 거야?

**아빠**　그런가?

**딸**　'갓난아기는 소중하다'는 46년 전 편지! 엄마도 기억 못 하지 않아? 잠시 엄마를 불러와야겠어. 내가 태어났을 때부터 조증이었던 거잖아. 지금 조증일 때랑 글씨가 똑같은걸. 갓난아기는 나를 가리키는 것 같은데.

**아빠**　그야, 우리 집에 아기는 너밖에 없었으니까.

**딸**　그럼 내가 갓난아기였을 때부터 아빠는 계속 조증이었던 거네. 이건 놀라운데. 얼마 전에 엄마가 내가 유치원 때 아빠가 멍하니 마당을 보던 것이 우울증의 시작이 아닐까 하고 말했었는데.

**아빠**　응.

**딸**　　　아, 하지만 이 전단은 컬러잖아. 46년 전에 전단이 컬러였어?

**아빠**　　몰라.

**딸**　　　잠깐만. 이 중화요리 가게는 분명히 역 앞에…….뭐야, 아니네! 갓난아기는 내 아들을 말한 거였어. 깜짝 놀랐네.

**아빠**　　…….

**딸**　　　아빠, 이 메모들은 전부 조증의 증거인 거지? 다른 조증 환자들도 이렇게 행동해? 이거 봐봐. "중요! 기미코에게 반드시 9시 20분 전에는 깨울 것. 보살핌을 받지 못한 남편이." 아빠는 늘 챙겨주길 원하지. 마쓰다 할머니가 풀솜에 감싸서 애지중지 키웠으니까. 조증에 걸린 사람은 다 이런 건가?

**아빠**　　병원에는 더한 사람도 있어.

**딸**　　　"두려워할 광인"이라고 쓴 종이도 있네. 대단하다. 다른 정신과 의사가 보면 어떤 병명을 붙이려나.

**아빠**　　역시 조울증이겠지.

**딸**　　　조증뿐만 아니라 조울증인 게 포인트구나.

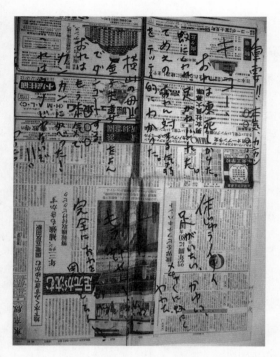

조증 당시에 아내에게 쓴 메모. 신문지에 쓰여 있다.

"중요!! 진짜 머리끝까지 화났어 기미코! 하마터면 동사할 뻔했어. 모기에 물리고 다리가 휘었어. 당신이 나를 어떻게 생각하는지 제대로 알았어. 요코야마의 어머니, 가네코 부부를 불러서 담합한다. 나 지금 정말 머리끝까지 화났어! 거짓말 아니라고!! 소키치."

"온몸이 아파. 다리가 아프고, 가렵고, 모기한테 사정없이 물렸어. 용서 못해! 나를 하나도 소중히 여기지 않아!!"

**아빠**　우울증에서 무서운 건 자살인데, 나는 한 번도 자살 충동이 일어난 적은 없어.

**딸**　아빠는 '이 세상의 어떤 명의도 나의 조울증은 고칠 수 없어'라는 이상한 자부심이 있지.

**아빠**　응.

**딸**　그러니까 쓸데없이 더 복잡한 거야. 실은 낫기 싫은 거 아니야?

**아빠**　아니, 지금은 늙어서…….

**딸**　하지만 조증은 재미있어.

**아빠**　응. (빙긋) 조증일 때가 재미있지.

**딸**　어제 여성잡지 기자가 나를 인터뷰하면서 "아버님이 힘들어하는 상황인데도 어머니나 유카 씨는 어떻게 평상시처럼 지냈나요?"라고 물었어. 그래서 나는 "엄마는 그다지 심각하게 걱정하지 않았어요. 저도 아버지가 조증일 때는 즐거웠고, 우울증일 때는 전혀 말씀이 없었지만 신경 안 썼어요"라고 말했어. 그랬더니 "그런 집이 어디 있어요"라고 하더라. 이런 편지도 있어.

"기미코에게. 미안하지만 병원에 가기 전에 얼음을 가득 꺼내 놔줘. 냉동 저장고에도. 오늘도 두드러기가 낫도록 기도하고 있어. 정말로 상냥한 소키치." 이거 무슨 이야긴 지 알겠다. 엄마가 유럽에 가기 전에 아빠를 두고 가는 게 너무 걱정돼서 두드러기가 났잖아.

**아빠**　　…….

**딸**　　이런 것도 있어. "기미코에게. 마지막으로 부탁 할게. 냅킨, 소금이 없어. 소금이 계속 안 나와서 짜증이 나는군. 오늘 집에 올 때 소금이 잘 나오는 병을 사다 줘. 가장 싼 거면 돼. 조금은 남편도 생각해줘. 소키치", "청바 지를 이렇게 입지 마. 파자마 차림의 나를……."

**아빠**　　그쯤 읽었으면 됐어.


## 둘이서 섣달그믐의 쇼핑


**딸**　　엄마한테 쓴 편지가 많이 남아 있었네. 아빠는 평소에 나를 어딘가에 데리고 가지 않았으니까 함께한 추 억은 여름에 가루이자와에 가는 정도였지만, 섣달그믐에는 둘이서 백화점에 가곤 했어.

**아빠**　네가 네 살일 무렵 섣달그믐에 시부야에 있는 중식당으로 맛있는 걸 먹으려고 갔는데 때마침 문이 닫혀 있었어. 하는 수 없이 다른 식당을 찾아 들어갔지. "아빠는 카레라이스 먹을래. 유카는 뭐로 할래?"라고 물었더니 "게살 샐러드"라고 대답하는 거야. 하여간 남달랐어. 그런데 카레라이스는 주문이 많아서 금방 나왔는데, 게살 샐러드는 별로 없었는지 좀처럼 나오지 않는 거야. 한참 뒤에 겨우 나오기는 했는데 샐러드 위에 게살이 쥐꼬리만큼 올려 있었지. "다른 거 더 안 시킬래?"라고 물어도 "이거면 돼"라고 하더라. 주위 사람들 눈에 내가 어린 여자아이를 유괴하는 것처럼 보이지는 않을까 싶어서 몹시 당황스러웠어.

**딸**　그때 아빠는 서른일곱 살이었고, 나는 네 살이었네. 정말 내가 유괴당한 아이처럼 보였을까?

**아빠**　일부러 주위 사람들에게 잘 들리게끔 계속 "아빠는 말이야"라고 말했어. 그리고 오후 6시부터 백화점 식품 매장에서 할인하는 설날 음식을 사러 갔지.

**딸**　　　섣달그믐에 폐점 시간이 가까워지면 니시키다마

고[달걀찜 요리. 새해 음식 중 하나-옮긴이]나 가즈노코[소금에

절인 청어알-옮긴이], 홍백색 가마보코[흰살생선으로 만든 어

묵-옮긴이], 대합 꼬치가 세 개에 200엔 하던 것이 100엔

으로 가격이 내려갔어. 매년 둘이서 한 시간 정도 서성이

다가 "아빠, 우리 땡잡았다" 하면서 좋아했잖아.

**아빠**　　　맞아. 매년 빠지지 않는 연말 행사였지.

**딸**　　　중학교 때까지 갔어.

**아빠**　　　잘 기억이 안 나는데.

**딸**　　　고등학생이 된 이후로는 친구를 만나거나 남자

친구와 메이지신궁에 가야 한다면서 안 가게 되었지.

**아빠**　　　그랬구나.

**딸**　　　나는 중학교 3학년 때까지 복어를 먹어본 적이

없었어. 아빠랑 생선 매장에 갔을 때 플라스틱 접시에 포

장된 복어회가 처음에는 1,000엔이었다가 800엔으로

내려가서 샀지. 집에서 엄마랑 셋이서 폰즈에 찍어서 처

음 먹었는데, 싼 거라 그런지 하얀 고무를 씹는 것 같고

무슨 맛인지 전혀 모르겠더라고. 그래도 이게 바로 세상

사람들이 말하는 값비싼 복어 회구나 하고 신났던 기억이 나.

**아빠**　　넌 참 검소했어. 네가 취직을 앞두고 있을 때 어떤 지인이 "복어를 사주어야겠다"라고 하니까 "저는 아직 학생이니까 괜찮아요"라면서 거절했잖아.

**딸**　　그런 일도 있었구나.

**아빠**　　옛날에 대학 선배 어머니가 "국립병원을 다니는데도 전혀 차도가 없다"면서 형 병원에 찾아온 적이 있었어. 그때 선배의 아버님이 식사에 초대해주셔서 복어를 처음 먹었지.

**딸**　　그때 복어를 처음 먹었어? 그러고 보니 내가 고등학생일 때 아빠가 복어를 먹고 거의 죽을 뻔한 적이 있었지? 덜덜 떨면서 집에 왔잖아.

**아빠**　　당시 조증이었는데 아가와 히로유키 씨와 이틀간 대담을 하고 『탈것 만세』라는 책을 쓰기로 했거든. 그랬는데 한밤중에 몸이 떨리기 시작했지.

**딸**　　아가와 히로유키 씨랑 복어를 먹었어? 어디에서 먹었는데?

**아빠**　어디서 먹었는지는 모르겠어. 하여간 집에 오니 몸이 떨렸어.

**딸**　마침 가부키 배우가 복어 간을 먹고 죽었다는 뉴스가 나왔을 때지?

**아빠**　게이오대학병원에 전화했더니 당직 의사가 한 명밖에 없었어. 곰곰이 생각해보니 복어 독에는 특효약도 없고, 수면제를 먹고 자면 그대로 죽을까 봐 무서워서 잠도 못 잤어.

**딸**　구급차 안 불렀어?

**아빠**　응. 아침이 되니까 언제 그랬냐는 듯이 나았어.

**딸**　그날이 생생하게 기억나. 왜냐하면 내 방이 현관과 가까워서 아빠가 집에 돌아왔을 때 엄마가 "어서 와요"라고 하니까 "몸이 떨려"라고 말하는 게 들렸거든. 엄마가 "여보, 괜찮아요? 구급차 부를까?"라는 소리가 들려서 무서웠거든.

**아빠**　나중에 엄마가 안심한 듯 눈물을 글썽이면서 "당신이 그대로 죽었으면 어떻게 빚을 갚아야 하나 막막했어"라고 했지(웃음).

**딸**　　그때 왜 구급차를 안 불렀어?

**아빠**　　복어 독에는 특효약이 없으니까.

**딸**　　그때 아빠와 엄마가 나누던 대화가 너무 심각해서 '아빠가 이대로 죽으면 어떡하지' 많이 걱정했어. 그건 그렇고, 이제 아빠는 이가 안 좋아서 복어를 먹고 싶어도 못 먹으니 딱하네. 허리 통증 때문에 근처에 산책도 못 나가고. 아무런 즐거움이 없지?

**아빠**　　응. 하지만 괜찮아.

**딸**　　아가와 선생님처럼 먹성이 좋은 사람이라면 안 됐지만 아빠는 그렇지 않아서 다행인지도 몰라. 먹고 싶은 음식이나 가고 싶은 곳이 아무것도 없잖아.

**아빠**　　전혀 없지.

**딸**　　스트레스가 없어서 좋겠다. 할머니처럼 세계 108개국을 여행한 사람은 걷지 못하거나 먹고 싶은 걸 못 먹으면 엄청난 스트레스일 텐데.

# 디즈니랜드에서 놀다

**딸**　　디즈니랜드 이야기를 해볼까. 대학교 4학년 때 할머니와 다 같이 세이셸에 갔잖아. 할머니와의 마지막 해외여행이었지. 3월 말 집에 돌아와서 아빠와 엄마가 우편물을 정리하다가 엄마가 "우리는 가족끼리 유원지에 간 적이 없네"라고 말하면서 봉투를 쓰레기통에 버렸어. 그건 디즈니랜드 오프닝 초대장이었어. 내가 쓰레기통에서 주워서 "이거 가고 싶다!"라고 말했더니 아빠가 "유원지는 가기 싫어. 재미도 없고"라고 하는 거야. "아빠, 나는 이제껏 부모님과 유원지에 간 적이 없으니 한 번만 가줘"라고 설득해서 마지못해 갔어.

**아빠**　　디즈니랜드는 술을 안 팔아서 따분하니까, 그 뒤로는 안 갔지.

**딸**　　디즈니씨sea에는 술이 있어. 그때는 차로 갔던가?

**아빠**　　차로 갔어.

**딸**　　디즈니랜드에 가니까 놀이기구도 먹을 것도 모두 무제한이었어. 피자와 후라이드 치킨을 먹고, 스페이

스 마운틴을 탔지. 두 번 정도 타지 않았나? 엄청 사람이
많기는 했지만.

**아빠**　　미국에 취재하러 갔을 때 캘리포니아에 있는 디
즈니랜드에 간 적이 있어. 한 부인이 남편과 사별하고 남
는 시간에 자원봉사를 할 요량으로 가이드 등록을 했는
데, 처음으로 의뢰가 들어온 게 우리였던 거야. 그 부인은
'작가는 별난 사람이 많고, 낯선 동양인이니까 대충 안내
하고 바로 호텔에 데려다줘야지'라고 생각했대. 그런데 집
앞에 도착했을 때 우리 통역사가 그 부인의 고양이를 안
았지. 사람을 잘 따르지도 않고 누구에게도 안긴 적 없던
고양이라 깜짝 놀라더라고. '의외로 상냥한 사람들'이라
는 생각이 들었는지 집에서 차를 함께 마시자고 하더라.

**딸**　　디즈니랜드 즐거웠는데! 이후에 엄마와는 크리
스마스 시즌에 '크리스마스 판타지'라는 이벤트에 여러
번 갔어. 아빠와는 해외 카지노에 몇 번 갔지. 아빠가 10
년 넘게 조증이 안 와서 따분하니까 '아빠의 마지막 갬블
여행'〔일본 형법에는 자국민의 해외 도박에 대한 처벌 규정이 없
음-옮긴이〕으로 야마가타에 있는 가미노야마경마장에 가

거나 한국, 마카오, 라스베이거스의 카지노에 다녀왔지. 검은 선글라스를 쓴 모습이 사진 찍히기도 하고. 아빠는 경마를 좋아하지?

**아빠**　비교적 좋아하는 편이지.

**딸**　어째서 그렇게 좋아하게 되었어? 대학생 때 화투나 마작도 했어?

**아빠**　센다이에서 대학 다닐 무렵에 '시골 경마'로 얼마쯤 벌고 도박의 재미에 눈을 떴지. 처음 마권 장수한테 마권을 사는데 "그 마권, 잘 샀어요!"라고 소리치는 거야. 경주마가 있는 패덕〔경주 전 경주마를 볼 수 있는 곳-옮긴이〕을 봤는데 서러브레드〔경주마 품종의 하나-옮긴이〕로 보이는 말과 평범한 짐말 한 마리가 있었어. 그런데 누가 "서러브레드 상태가 이상하네? 다리 한쪽을 끌고 있어!"라고 말했어. 마권 한 장에 100엔이었는데 사람들의 반대를 무릅쓰고 서러브레드를 샀더니 역시 그게 1등이었어. 아무리 다리 한쪽을 끌더라도 짐말보다는 경주마가 빠른 법이야. 그래서 돈을 조금 땄어. 나중에 정신과 의사 친구와 마카오 카지노에 갔을 때는 빈털터리가 됐지만.

라스베이거스에서 슬롯머신에 푹 빠지다.

**딸**　　학창 시절에 시골 경마를 한 이후에 『닥터 개복치 항해기』의 항해 시절에도 카지노에 갔지?

**아빠**　　혼노스포팅센터라는 곳이었어.

**딸**　　어느 나라?

**아빠**　　콜롬보였던 것 같아. 거기서 살짝 재미를 봤지.

**딸**　　해외에서 룰렛이나 슬롯머신을 처음 본 거잖아? 무아지경이었겠네?

**아빠**　　뭐 그렇지. 라스베이거스에서 빈털터리가 된 적도 있어.

**딸**　　아, 그건 좀 더 지나서구나. 누구랑 갔어?

**아빠**　　미국 국무부에서 초청했어. 1965년 즈음이었나.

**딸**　　그 얘기는 아빠가 어딘가에 썼는데, 귀국편 항공권 비용까지 전부 다 써버렸다고.

**아빠**　　항공권은 개인 부담이었어. 다만 체재비로 하루에 몇 달러인가가 나왔지.

**딸**　　항공권이 개인 부담이면 전혀 초청이 아니잖아.

**아빠**　　응. 예산이 없었던 것 같아(웃음).

5장

닥터 개복치 최후의 조증

조울증이 잦아들고 평온한 일상으로 돌아간 집. 그러나 1999년 세기말을 앞두고 갑작스레 그것이 찾아왔다. 일흔둘이라는 고령에 마지막으로 찾아온 조증! 자신의 육필 원고를 판 돈으로 긴자에서 한바탕 시끌벅적. 많은 사람이 우울증에 걸리는 오늘날, 마음의 병으로 힘들어하는 현대인에게 보내는 두 사람의 마음 따뜻한 메시지는 과연…….

# 육필 원고를 팔아 긴자로

**딸**    내가 어렸을 때부터 아빠는 쭉 조울증이었지만 나이가 들수록 우울증만 있어서 이제 조증은 없나 싶었는데 1999년에 갑자기 엄청난 조증이 와버렸어. 둘이서 경마를 보다가 사일런스 스즈카〔경주마 이름-옮긴이〕가 안락사하니까 "아빠도 글도 못 쓰고, 살아봐야 소용없으니 안락사시켜줘"라고 말하기에 내가 "사일런스 스즈카는 명마지만 아빠는 짐말이라서 안 돼!"라고 하니 기운을 냈어(웃음). 그때까지 아빠가 계속 우울증이어서 재미가 없었던 참이라 반갑기는 했지만. 아빠는 육필 원고를 판 돈으로 주식이나 경마를 했었지.

**아빠**    뭐, 별 볼 일 없는 것만 팔았어.

**딸**    얼마에 팔았어?

**아빠**    (동요하는) 응?

**딸**    어서 말해봐.

**아빠**    ······.

**딸**    담당 편집자한테 40만 엔이라고 들었는데.

**아빠**　그게 말이지, 당시에 서재를 정리하면서 책을 거의 팔아야만 했어.

**딸**　선반을 줄인다고 했지.

**아빠**　헌책방 주인이 육필 원고를 팔아보라고 해서 꽤 팔았지.

**딸**　꽤 좋은 걸 팔지 않았어?

**아빠**　아니야. 자질구레한 것들만 팔았어.

**딸**　자질구레한 글만 팔아선 40만 엔이 안 될 텐데. 대작 육필 원고를 판 거 아니야?

**아빠**　응?

**딸**　잡문 육필 원고가 40만 엔까지는 안 하잖아.

**아빠**　아니야. 만년필로 쓴 원고는 두 배 정도 쳐준다고 했어.

**딸**　편집자와 술 마시러 간 자리에서 아빠가 양복 안 주머니에서 봉투를 꺼내고는 "방금 육필 원고를 팔아서 10만 엔이 있으니 긴자의 바에서 제대로 마셔봅시다"라고 말했다면서?

**아빠**　전혀 생각 안 나(고개를 옆으로 돌린다).

자택 서재에서.

**딸**　　　엄마가 눈치챘을 때만 해도 뭔가 팔아서 5만 엔인가 10만 엔을 갖고 있었다던데. 열 번쯤 팔았을 거야.

**아빠**　　　아냐. 그렇게까지는 안 팔았어. (단호하게) 두 번 정도야.

**딸**　　　거짓말! 다 알아. (씨익 웃으며) "아빠가 또 육필 원고를 팔았어"라며 엄마가 몇 번이나 말했다고.

**아빠**　　　아니, 두 번뿐이야. 진짜로.

**딸**　　　"경마 때문에 육필 원고를 팔다니 한심해"라면서 엄마가 말했었지(웃음).


## 마권 판매소에서 돈을 빌리다


**딸**　　　그러고 보니 나도 경마를 좋아해서 얼마 전에 일본중앙경마회JRA에 계신 분을 만났는데 그분이 "옛날에 기타 씨가 건강하셨을 때, 시부야의 나미키바시에 있는 장외마권판매소에 자주 오셨어요. 하루는 기타 씨가 돈이 다 떨어져서 돈을 빌려달라면서 사무실 안으로 들어

오셨던 적이 있어요"라고 하더라.

**아빠**    (즐거워하며) 맞아, 맞아.

**딸**    설마 돈을 빌린 건 아니지?

**아빠**    아냐, 안 빌렸어. 안 빌렸어.

**딸**    빌려달라면서 들어왔다고 하던데.

**아빠**    그게 말이야. 건달이 시비를 거는 줄 알면 곤란하니까, 정중하게 "기타 모리오입니다"라고 말하고 들어갔어. 신문에 표시해놓았는데 마지막 경주에 돈이 안 나오는 거야. 나는 제대로 동그라미 표시를 해두었어. 사무실에 들어가니 "혹시 선생님께서 돈이 떨어져서 못 하신 게 아닙니까?"라고 하는 거야. 생각해보니 정말 그 말이 맞았어.

**딸**    접수대 직원이 그랬어? 돈이 떨어졌다고?

**아빠**    응, 맞아.

**딸**    사무실에 돈을 빌리러 간 거는 진짜야? 기억나?

**아빠**    맞아. 진짜야!

**딸**    아빠는 경마도 좋아하고, 주식도 좋아했는데 뭐가 가장 좋았어?

**아빠**　카지노. 라스베이거스에서는 딜러한테 사기를 안 당하려고 필사적이었지.

**딸**　딜러가 사기를 쳐?

**아빠**　그것도 기술이니까. 25달러 칩을 쓰기 시작해서 처음에는 꽤 벌었는데, 3일 내내 갔더니 마지막에는 한 푼도 안 남았어.

**딸**　엄마와 같이 '마지막 갬블 여행'으로 한국에 갔었지. 밤 10시에 카지노에 가서 30분만 할 생각이었는데 내가 그만 가자고 말해도 아빠는 전혀 움직이지 않았어. "딱 30분만, 30분만"이라고 하다가 끝내 새벽 1시, 2시가 되어도 자리를 못 떴지⋯⋯. 나는 옆에서 매운 김치 라면을 먹으면서 "이제 가자"라고 했지. 졸렸어.

**아빠**　마사지도 받았잖아. 좀 아팠지만.

**딸**　아, 다음 날 에스테틱에 갔지. 때도 밀고.

**아빠**　아팠어.

**딸**　한국에서 밤도 새우고 이후에는 마카오, 라스베이거스에도 갔으니 할 만큼은 했네.

**아빠**　응.

**딸**　　이제 미련 같은 건 없지? 있어?

**아빠**　　도박으로 손해 보지 않는 방법을 꽤 시간이 흐른 뒤에 알았어. 그게 뭐냐면, (빙긋) 도박을 안 하는 거야.

**딸**　　이제 더는 할 마음 없지?

**아빠**　　없고말고.


## 구급차 소동


**딸**　　아빠는 1999년 끝 무렵에 기운이 넘치기 시작해서 연말부터 주식을 한 적도 있었어. 1월 3일 낮에 친구 집에 놀러 간 엄마한테 "감기에 걸려서 병원에 가야 하니까 빨리 돌아와!"라고 한 게 시작이었어. 아빠가 1월 거래소에서 첫 상장하는 주식을 꼭 사야 한다면서 난리를 피우는 바람에 1월 5일부터 3일간 회사를 쉬었어. 이후에 엄마가 '조증을 가라앉히는 약'을 먹였는데, 아빠는 다시 기운을 내려고 '조증이 되는 약'을 먹기도 하고, 수면제까지 이것저것 먹었어.

어느 날 밤에 엄마가 "아빠가 책상 위에 텔레비전 리모컨을 물어뜯으려고 해. 상태가 이상하니까 빨리 와줘!"라며 연락했을 때, 난 아빠한테 뇌출혈이나 뇌경색이 온 줄 알았어.

**아빠**　옆에서 누가 무슨 말을 해도 그저 멍했지. 슬리퍼도 입에 물려고 했던 것 같아.

**딸**　서둘러 구급차를 불렀는데 전부 출동한 상태라면서 대신 소방차가 두 대 왔어. 대단했지. 커다란 소방차가 사이렌 소리를 크게 울리면서 오는 바람에 이웃 사람들은 불난 줄 알았대.

**아빠**　옆집에 사는 미야와키 슌조 씨까지 나왔지.

**딸**　미야와키 선생님이 "기타 씨네 불 났어요?"라고 물어보셨어. 그리고 겨우 구급차가 와서 소방대장과 젊은 대원 세 명이 아빠를 들것에 싣고 옮기려는데, 아빠가 식탁에서 의식 없이 멍하니 있는 거야. "무슨 일입니까? 괜찮으세요? 성함은요?" 하면서 소방대장이 맥을 짚을 때, 젊은 대원이 나한테 "어떻게 된 거예요?"라고 물었어. "조증 때문에 여러 약을 먹고 있는데 약의 부작용인지, 뇌경

색인지 모르겠어요"라고 말했더니 "우리 아버지도 조증이에요. 여간 성가신 게 아니죠"라고 말하더라. 그리고 아빠는 의식이 돌아와서 들것에 실려 갔어.

**아빠**　　도착한 병원에서 뇌출혈이 있는지 알아보는 바빈스키 반사를 전혀 안 보는 거야. 그래서 돌팔이다 싶어서 집으로 돌아왔지.

**딸**　　아빠는 구급차를 타고 병원에 갔어. 보통은 배우자가 함께 타지만 "엄마는 입원 준비를 하고 차로 갈게. 네가 타고 가"라고 해서 내가 탔어. 병원까지 가는 동안 "기타 씨, 괜찮으십니까?"라고 말을 걸었더니 "이 몸은 이미 되살아났다!"라고 하더라. 게다가 "이 몸은 세상에서 제일가는 조울증입니다. 지금부터 병원에 가봤자 어지간한 돌팔이 의사로는 고칠 수 없어요!"라면서 병원에 도착할 때까지 누워서 잘난 척을 했어. 정말 힘들었어.

**아빠**　　(태연하게) 그래?

**딸**　　"이 몸의 조증이 얼마나 엄청난지, 당신은 조증이 무엇인지 압니까?"라면서 15분간 계속해서 떠들어댔으니까……. 병원에 도착해 아빠가 들것에 실려 집중 치료실에 들어가고, 복도에서 엄마와 함께 기다렸어. 엄마는 그때 2주간이나 제대로 잠을 못 잤어. 아빠가 한밤중까지 주식을 하다가 갈증이 난다고 하면 엄마가 포카리스웨트나 물에 희석한 위스키, 주스를 쟁반에 담아서 침대에 가져다주었어. 그런데 아빠가 유리잔을 깨트릴 때도 있어서 엄마도 함께 밤을 새웠어. 나는 예순을 넘은 엄마가 고생하는 게 딱해서 침낭을 가져가서 아빠 침대 옆에 누워서 지켜봤지.

그때 엄마도 나도 늘 잠을 제대로 못 자다가 겨우 아빠를 병원에 데리고 왔던 거였어. "앞으로 2, 3일 입원해 있으면 엄마도 쉴 수 있고, 이런 생활이 계속되면 아빠 몸도 약해졌을 텐데 조증도 치료하고 잘 됐다. 입원해서 정말 안심이야", "엄마, 오늘 밤부터 잘 수 있겠다"라면서 기뻐하는데 의사가 나오더니 "남편분께서 입원은 절대 하고 싶지 않으시답니다. 환자분 승낙이 없으면 입원할 수 없으니 오늘은 댁으로 돌아가세요"라고 하더라. 둘 다 말문이 막혔지(웃음). 그런데 아빠가 의식이 없던 원인이 뭐였을까? 엄마가 말하기로는 조증 상태에서 피곤한 데다가 감기를 빨리 나으려고 시판 약과 병원에서 준 약까지 한 꺼번에 먹어서 그런 것 같다고 하던데……

**아빠**　그걸 모르겠어.

**딸**　약의 부작용이었나? 그때 전혀 잠을 안 잤어.

**아빠**　그래? 뭐였더라. 의사 이름이.

**딸**　돌팔이였어?

**아빠**　돌팔이였어! 이상 반사도 검사 안 해서 집에 돌아왔지.

**딸**　그때 조증을 마지막으로 더는 아빠에게 조증이 오지 않을 것 같아서 안심했는데 얼마 전에 어느 정신과 의사 선생님이 "90세에도 조증이 오는 경우가 있습니다. 제 환자 중에 게이트볼을 하다가 친구 부인과 사랑에 빠지신 분이 계세요. 집도 버리고 그 여성과 결혼하겠다고 하셔서 가족들도 아주 난처해하고 있어요"라고 하더라. 아빠도 조증이 다시 올까?

**아빠**　글쎄, 모르지. 하지만 아마 이제는 기운도 없으니까 괜찮을 거야.

**딸**　마그마처럼 고여 있는 건가. 그랬으면 좋겠다.

# 자살은 안 된다

**딸**      최근 들어 '마음의 병'으로 힘들어하는 사람이 늘고 있는데, 정신과 의사로서 뭔가 조언할 게 있어? 아빠가 야마나시에 있는 병원에 부임했을 때 자살한 환자가 있었잖아? 우울증으로 자살하지 않으려면 어떻게 하면 좋을까? 당연한 이야기지만 의사 선생님의 말을 잘 따르고 약을 먹는 게 중요하겠지?

**아빠**      우울증은 환자 본인은 낫지 않는다고 믿게 마련이야. 내가 게이오대학병원에서 근무하던 시절에 말씨가 공손하다고 VIP가 입원하는 특별 병동을 담당했어.

**딸**      아빠가 말씨가 공손한 건 할머니 영향인가?

**아빠**      그럴 거야. 말씨에 엄격했거든. 아버지라고도 안하고 '아버님'이라고 부를 정도였으니까.

**딸**      그래서 특별 병동을 맡았구나.

**아빠**      당시 우울증으로 입원한 내과 교수가 나한테 이렇게 말하더라. "나는 특수한 케이스니까 치료해도 소용없어"라고 말이야. 교수니까 조울증이 순환한다는 건 지식으로 알고 있지만 본인은 낫지 않으리라고 믿는 거지.

게이오대학병원 시절에 "크랑케〔환자를 뜻하는 독일어-옮긴이〕가 자살했습니다"라면서 간호사가 뛰어왔어. 달려갔더니 벽걸이에 벨트를 걸어서 목을 맸는데 발이 바닥에 닿아 있는 거야. 간호사도 우울증 환자가 자살할 위험이 있다는 걸 알고 있으니까 환자의 부인에게 절대 눈을 떼지 말라고 신신당부했는데, 자는 걸 보고 안심하고 잠깐 장을 보러 갔던 거야.

**딸** 잠깐 사이에 일이 벌어졌구나.

**아빠** 응. 그 사이에 벽걸이에 벨트를 걸고 침대에서 훌쩍 뛰어내려서 목을 매버렸어. 그런 식으로 교묘하게 자살하기도 해.

**딸** 그 정도로 죽고 싶어져?

**아빠** 응. 자신의 존재가 가족이나 회사에 민폐라는 죄책감이 들거든.

**딸** 우울증 환자는 그런 마음이 드는데, 아빠는 그런 죄책감이 있었어?

**아빠** 전혀 없었지.

**딸**　왜?

**아빠**　모르겠어.

**딸**　우울증일 때는 어떤 기분이었어?

**아빠**　그야 말도 못 하게 괴롭지.

**딸**　나는 틀려먹었다고 생각하는 거야?

**아빠**　뭐, 그 시절에는 '벌레의 겨울잠'이라고 해서 때가 오면 낫는다고 믿었어. 그저 멍하니 있다 보면 자연스럽게 낫는 거지.

**딸**　지금이야 '벌레의 겨울잠'이라고 말하지만 당시에 할아버지가 1953년에 돌아가시고 1961년에 아빠와 엄마가 결혼할 때는 할아버지 위세가 지금보다 컸잖아. 줄곧 '아버지에 못 미치는 아들'이라는 말을 들으면서 압박감 같은 건 없었어?

**아빠**　그건 있었지.

**딸**　가장 크게 느꼈을 땐 언제야?

**아빠**　야마가타의 가나가메로 대피했을 때 집으로 돌아가는 차표를 사려고 가미노야마역에 갔어. 마침 대학생으로 보이는 사람이 있어서 나는 이제 신입생이라고 말했더니 되도록 책을 많이 읽으라고 조언을 해주더라. 어쩌다가 아버지 모키치의 시 이야기가 나왔는데 그 사람이 아버지의 시를 줄줄이 늘어놓아서 역시 아버지는 대단한 사람이라고 생각했어. 이후에는 아버지를 일부러 숨기거나 제삼자의 시각에서 이야기하는 습관이 생겼지.

**딸**　　줄곧 그렇게 해온 거야? 작가가 되고 나서도?

**아빠**　　응.

**딸**　　아쿠타가와상을 받고 모키치의 아들이라는 부담감은 조금 덜었어?

**아빠**　　그렇진 않아. 아버지를 훨씬 더 존경했으니까.

**딸**　　아쿠타가와상을 받았을 때는 기뻤어?

**아빠**　　뭐 그렇지. 그보단 『닥터 개복치 항해기』와 『남태평양 낮잠 여행』이 많이 팔려서 이제 드디어 작가로서 해나갈 수 있겠다 싶었지.

**딸**　　작가로서 살아갈 자신이 조금은 생겼던 거구나. 참, 아까 말했던 야마나시에 부임했을 때 이야기를 해줘.

**아빠**　　1년 후배와 둘이서 일했어. 게이오대학병원을 통해서 갔는데 아직 급여는 나오지 않았어. 게이오는 거의 무급이나 마찬가지였어. 5년 차가 되면 1만 엔 정도 주니까. 그때 같이 일하던 후배가 늘 밝아서 "자네는 언제나 씩씩해서 부럽군"이라고 했더니 "저도 우울할 때가 있어요. 환자가 자살할 때도요"라고 하더라. 형의 병원에서도 간병인이 자리 비운 틈을 타서 환자가 창문에서 뛰어내리는 일이 있었는데, 층이 낮아서 죽지 않았지. 그런데 다른 집 높은 층까지 올라가서 자살해버렸어. 그런 식으로 목숨을 끊는 일도 있어.

**딸**　　의사로서는 가장 힘든 일이겠지⋯⋯. 할머니의 아버지도 정신과 의사였고 할아버지도 정신과 의사였고. 사이토 가문은 메이지시대부터 정신과 의사 집안인데, 그 시절에도 정신과 의사라는 말이 있었어?

**아빠**　　있었지.

**딸**　　하지만 지금처럼 이렇게 일반적이지는 않았잖아. 당시에 정신과 의사는 드문 직업 아니야?

**아빠**　　드물지. 외할아버지가 독일에서 유학했으니까.

**딸**　　요즘의 젊고 똑똑한 정신과 의사가 갑자기 환자가 자살하면 우울증에 걸릴까?

**아빠**　　안 걸리지.

**딸**　　아빠도 매일 집에서 멍하니 있지 말고 조금 더 세상에 도움이 될 수 있게 다시 환자를 돌보는 건 어때?

**아빠**　　안 돼. 이미 오래된 지식이라서.

**딸**　　얼마 전 대기업에 근무하는 내 친구가 직장 내에서 성추행과 갑질을 당하고 우울증이 와서 살이 10킬로그램 정도 빠지고 회사에도 못 나갔어. 2시에 병원을 예약했는데 4시가 되어도 순서가 오지 않아서 기다렸대. 그런데 복도에서 기다리던 친구가 진찰실에서 의사 선생님이 핸드폰 통화를 하며 수다를 떨기도 하고, 간호사들과 시시덕거리는 게 보였대. 자기는 죽을 것 같아서 병원에 왔는데 그런 모습을 보고는 '나 같은 건 아무도 심각하게 생각하지 않는구나' 싶어서 상태가 더 나빠졌어.

결국 친구는 붐비는 대학 병원을 포기하고 가까이에 있는 정신과 클리닉에 갔어. 그런데 그 병원 의사가 진단서에 '병명 우울증. 상사가 화를 내서'라고 쓴 거야. 진단서를 회사에 제출하니 회사는 상사에게 "당신이 화를 내서 부하 직원이 우울증에 걸렸다"라고 질책했대. 그러자 이번에는 그 상사가 친구에게 회사에 고자질했다면서 다짜고짜 화를 내더래. 다행히도 그 친구는 나중에 아빠를 만나서 기운을 되찾았지.

**아빠**　응. 나보다 우울증이 가벼웠어. 왜냐하면 나는…….

**딸**　아빠는 왜 그렇게 본인의 우울증을 뽐내는 거야? 아빠보다도 심했는데.

**아빠**　아니, 나는 입을 열 힘도 없었어.

**딸**　그렇게 힘들었어?

**아빠**　응.

**딸**　정말로 힘들었어? 내 친구는 훌쩍훌쩍 울던데, 어디가 다른 거야?

**아빠**　내 쪽이 무겁지.

**딸**　왜 그렇게 뽐내려고 하는 거야(웃음)?

**아빠**　몰라.

**딸**　그 부분이 이해가 안 돼. '세계 제일의 조울증 환자'라고 하질 않나.

**아빠**　아니야. 병원에 가면 밤새 아무것도 안 먹고 소란을 피우는 더 심한 거물 환자도 있다고.

## 많은 사람이 우울증에 걸리는 시대

**딸**　　지금 텔레비전이나 신문에서는 '많은 사람이 우울증에 걸리는 시대'라고 말하고 있어. 많은 회사가 성과주의를 도입하면서 매출액과 수행한 업무 성과를 상사에게 보고해서 매년 평가를 받아야만 해. 아빠는 회사원을 한 적이 없어서 모르겠지만, 정신적으로 진짜 힘들거든.
일본 기업은 과거의 종신고용제처럼 평생 월급쟁이로 살 수 있는 시대가 가고, 성과주의로 많은 게 달라졌어. 30대 중반의 직원이 능력을 인정받고 승승장구해서 퇴직을 코앞에 둔 50대 직원의 상사가 되는 일도 있지.
게다가 명예퇴직이나 비용 절감으로 예전보다 월급쟁이들은 훨씬 힘들어졌어. 정신적으로 괴로운 이런 시대를 어떻게 살아가면 좋을까?
**아빠**　　전쟁 중에는 죽음의 공포가 외부에 존재하기 때문에 의외로 죽음을 생각하지 않았어. 오히려 생활이 풍족해지면 민감한 사람은 자신을 공격하기도 하고, 그렇지 않은 사람도 남과 자신을 비교하다가 '역시 나는 안 된다'라고 좌절하지.

센다이에 있을 무렵에 강간당하는 망상을 가진 환자가 있었어. 처음에는 산부인과 의사에게 강간당했다면서 상세하게 이야기해서 사실인 줄 알았는데, 듣다 보니까 마구잡이로 여기저기에서 강간을 당했다고 하는 거야. 그러다 얼마 뒤에는 나한테 강간당했다는 망상을 하기 시작해서 내가 게이오대학병원으로 옮긴 뒤에도 쫓아와서는 "선생님, 어서 자백하지 않으면 경찰에 신고할 거예요!"라고 하더군.

**딸**　젊은 여자였어?

**아빠**　응. "그러세요"라고 했는데 진짜 신고해버렸어.

**딸**　어머, 아빠를? 그래서 안 잡혀갔어?

**아빠**　요쓰야경찰서에서 내가 "그렇게 여기저기에서 강간당하는 건 불가능하다"라고 말했는데, 그 여자가 "당신 형이 얼마에 합의하자고 한다"라고 하는 거야. 말하자면 망상은 자신을 어떻게든 정당화하려고 하지. 결국 경찰이 여자한테 형과 어디에서 만났고, 몇 살 정도였는지, 수염이 있었는지 물으니까 그 여자가 횡설수설하는 거야. 경찰은 그 여자에게 "당신은 이 선생님을 고소할 권리는 물론 있어요. 하지만 그건 아버지나 오빠에게 맡기세요"라고 말했어. 나한테는 "선생님은 돌아가셔도 됩니다"라고 해서 집에 돌아왔지. 망상도 무서운 거야.

## 우울증에 걸리지 않기 위한 처방전

**딸**　아까 '우울증에 걸리지 않기 위해 어떻게 해야 하면 되는지' 물었는데, 옛날에는 전쟁도 있고 여러 가지 일들이 있었지만, 지금은 평화로운 시대가 되었으니 쓸데없이 고민이 깊어진다고……．

**아빠**　전시에는 전쟁 노이로제 즉 히스테리 증상이 나타나곤 해. 군대에서는 히스테리라는 말을 쓰기 곤란하니까 '정조병情操病'이라고 불렀어. 제법 잘 지은 병명이지.

옛날에 히스테리를 '자궁이 꿈틀거리는 병'이라고들 했거든. 정말로 다리에 마비가 와서 움직이지 못했어. 이건 꾀병이 아니라 죽기 전 본능이야. 그런데 전쟁이 끝난 다음 날부터 전쟁 노이로제에 걸렸던 사람들이 아무 일도 없었다는 듯이 씩씩하게 잘 걸어 다녔대.

**딸**       전쟁이 벌어질 때는 죽음에 대한 공포가 원인이라면, 현대사회에서는 자기 자신을 되돌아보는 시간이 늘어나는 탓에 우울증에 걸린다는 거야? 진정한 자신을 찾기 위해 괴로워하는 젊은이들이 많다고는 하더라.

**아빠**     평화로워지면 자신을 되돌아보게 되니까. 하지만 지금은 훨씬 좋은 약도 있어서 환자가 줄어들 법한데 이상한 일이야.

**딸**       선진국에서 자살하는 사람이 3만 명이나 되는 나라가 있어?

**아빠**     아주 많지.

**딸**       지금까지 매년 3만 명이 자살해서 10년간 30만 명이나 죽었어. 가족들은 고통과 깊은 슬픔을 안고 살아가야만 해. 어떻게 하면 다들 죽음을 택하지 않고 이런 시대에 살아갈 수 있을까?

**아빠**　'조울증은 반드시 낫는다'라고 믿어야 해. 요즘 정신과 의사들은 어떻게 설득하고 있으려나. 아빠가 뉴욕주립병원에서 본 조현병 환자는 침대에 묶인 상태로 간호사가 옆에서 가만히 감시하고 있었어. 왜냐하면 조현병은 불안에 휩싸여서 뛰어내리기도 하거든. 그만큼 위험한 병이야.

**딸**　'마음의 병'은 혼자서는 나을 수 없어. 작은 괴로움이라도 안고 있다면, 바로 병원에 가는 편이 좋겠지?

**아빠**　그야 물론 전문의한테 가야지.

**딸**　일류 기업에서 일하고, 얼굴도 예쁘고, 돈도 많은 내 친구가 언젠가부터 옆집 잔디가 더 푸르게 보이는 고민이 생겼대. 남의 집보다 자기 집 잔디를 더 예쁘게 꾸미려고 애쓰거나 살이 조금만 쪄도 다이어트를 하고, 일도 더 잘하려고 틈틈이 영어 공부도 하고.

**아빠**　그렇지. 있잖아, 조울증은 순환하는 거래. 나는 『강 건너 불구경』이라는 책이 너무 내용이 없어서 절판하려고 했는데, 우울할 때 읽으면 별로 고민하지 않으니까 오히려 위로가 되는 모양이야. 그래서 사람들이 가벼운 걸 읽는 것 같아.

**딸**　　가벼운 걸 읽으면 도움이 되는구나. 그리고 시게타 큰아버지는 돌아가시기 전에 "내 병원에 오는 환자들은 다들 120퍼센트 힘을 낸 사람들입니다. '비에도 지지 않고 바람에도 지지 않고'라는 말이 있는데, 인간은 비에 져도 괜찮고, 바람에 져도 괜찮지 않을까요. 80퍼센트에서 만족하느냐 마느냐에서 마음의 행복이 갈리는 법이에요"라고 말씀하셨어.

**아빠**　　맞아. 80퍼센트만 만족하는 게 중요해.

**딸**　　옛날에 아빠와 시게타 큰아버지와 친척들이 다 같이 모인 결혼식 피로연 자리에서 시게타 큰아버지가 신랑 신부에게 "자네들, 80퍼센트만 서로 만족하는 거야"라고 말씀하셨어. 당시 학생이었던 나는 '한창 사랑이 넘치는 신랑 신부한테 어째서 100퍼센트가 아니라 80퍼센트라고 말씀하실까'라고 어리둥절했는데, 참 의미심장한 이야기였어.

**아빠**　　맞아.

**딸**　만족할 줄 알기.

**아빠**　그러면 돼.

**딸**　주위를 너무 두리번거리지 않기.

**아빠**　그래. 그대로가 좋아. 남과 비교하면 안 돼.

**딸**　출세를 하고 싶거나 돈을 왕창 벌고 싶다면? 그건 인간의 욕망이고 살아가는 즐거움이기도 하잖아.

**아빠**　아빠는 의외로 그런 건 없어.

**딸**　그래도 역시나 인간이라면 출세하고 싶고, 돈을 많이 벌고 싶고, 좋은 집에서 살고, 좋은 차를 타고 싶다는 욕망이 있지.

**아빠**　그건 본능이지.

**딸**　욕망 없이 덩그러니 있으면 무엇을 위해서 살아가는지 알 수 없게 돼.

**아빠**　정신과 의사인 나다 이나다 군이 "기타 씨의 사회적 공헌이라 하면 조울증을 세상에 널리 알렸다는 겁니다. 옛날에는 환자에게 '조증이다, 우울증이다'라고 말하면 잔뜩 겁을 먹었는데, 지금은 '기타 씨와 같은 병이네요'라면서 안심합니다"라고 말했어.

2002년 여름,
가루이자와 고원문학관에서 열린 「기타 모리오 전」에서
아가와 사와코 씨와 대담을 하며 즐거운 한때를 보내고 있다.

**딸**　"아빠는 작가로서 대단한 업적은 없지만, 조울증을 세상에 널리 알린 공적이 있다"라면서 자랑한 게 나다 씨가 한 말이었어?

**아빠**　맞아.

**딸**　그렇구나. 모두가 마음의 병에 걸리지 않고 건강하고 즐겁게 지내면 좋겠어. 그럼 일단 이걸로 인터뷰는 마칠게. 아빠, 괜찮지?

**아빠**　응?

**딸**　더 하실 이야기는 없어요?

**아빠**　응. 그럼 여러분 모두 건강하세요(웃음).

# 별난 아버지

　나의 최대 약점은 한자 읽기 실력이다. '심금을 울리다'
라고 할 때의 한자 '금琴'을 잘못 읽어서 '고토'라고 읽거나
'토兎'를 '우사기'로 읽기도 하고, 일본도의 '도刀'를 '가타
나'라고 읽어서 웃음을 산 적이 있다.

　내가 한자에 서툴고 지식이 부족한 이유는 아버지 때
문이다. 아버지는 한 번도 나에게 공부하라고 하거나 성
적을 물어본 적이 없었다. 그 결과 나는 공부도 멀리하고,
아는 것도 별로 없는 아이로 자랐다. 아버지는 공부하라
고 말하지는 않았지만, 자주 책을 읽으라고 했다. 하지만

나는 "책 같은 거 안 읽어도 아무런 문제 없는걸"이라면서 책도 멀리했다.

그런 아버지가 내가 초등학교 1학년일 무렵 조증에 걸렸다. 그때까지 '안녕하십니까'라고 점잖은 말씨였던 아버지가 "바보 같은 놈! 이 자식!"이라며 고함을 질렀다. 밤새 음악을 듣기도 하고, 영화를 보거나 만화를 읽으며 무엇이든 닥치는 대로 손을 댔다. 명창 토라조의 나니와부시를 읊조리기도 하고, "이 몸은 배움의 열정이 끓어오르고 있다!"라면서 NHK 중국어 강좌를 크게 틀어놓았다. 평온했던 일상이 순식간에 달라졌다.

기분이 들뜬 아버지는 라쿠고〔청중을 대상으로 재미있는 이야기를 풀어내는 일본 전통 예술-옮긴이〕를 들을 때는 낄낄거리며 바닥에서 구를 정도로 웃다가, 영화에서 슬픈 장면이 나오면 꺼이꺼이 소리를 내며 울었다. 게다가 주식으로 돈을 벌어 영화를 제작하겠다면서 주식에 빠져 파산하기에 이르렀다. 출판사나 친구들에게도 돈을 빌리는 바람에 그때마다 어머니와 한바탕 싸움이 벌어졌다.

"여보, 이제 적당히 좀 해요!"

"이 몸이 번 돈을 내 맘대로 쓰겠다는데 뭐가 나빠! 기미코는 작가의 아내로서 실격이야! 엔도 슈사쿠 씨 집을 봐! 아가와 히로유키 씨 집을 봐! 우리보다 더 심하다고. 친정으로 돌아가!"

나는 두 사람이 싸우는 소리를 들으며 '우리보다 심하다는 아가와 사와코 씨의 집은 얼마나 힘들까'라며 상상조차 하지 못했다. 그 시절은 '자고로 문인은 가정을 돌보지 않는 법'이라고 여기던 시대였다.

아버지가 어머니에게 "일에 전념하고 싶으니 기미코도 유카도 집에서 나가줘"라고 선언하면서 부모님은 별거를 하기도 했다. 나는 외동딸이었지만 단 한 번도 가족끼리 드라이브를 가거나 해수욕장에 간 적이 없다. 반듯한 양복 차림의 친구 아버지가 얼마나 부러웠는지 모른다. 1981년 다시 심한 조증이 찾아온 아버지는 하타 마사노리 씨[소설가-옮긴이]의 『짱뚱어 왕국』에 감명받아 엄마와 나에게 "아빠는 일본에서 독립할 거야!"라고 선언했다.

우리 집을 일본에서 독립한 '개복치마부제공화국'으로 이름 지었다. 그리고 '문화의 날'을 제정하고 아버지는 주석, 어머니는 재무장관, 나는 두 사람의 사이를 중재하는 평화장관이었다. 부엉이가 그려진 국기와 훈장, 지폐와 동전, 마부제 문양이 그려진 담배까지 만들고 11월 3일을 '문화의 날'로 정해 마당에서 상장 수여식을 치렀다. 제1회 문화헌장은 호시 신이치 선생님이었다.

1985년 제2회 '문화의 날'에는 엔도 슈사쿠 선생님께 문화훈장을 수여했다. 엔도 선생님은 바쁘신 가운데 우리 집까지 오셨다. 무려 방송국과 사진 주간지 『포커스』까지 취재를 와서 "상금 1천만 마부제는 무엇에 쓰실 생각입니까?"라고 묻자 선생님은 "집을 사겠습니다"라고 기쁘게 답변해 그 자리의 분위기를 띄웠다. 이어진 가든파티에서는 조증을 앓던 아버지가 개복치마부제공화국의 국가를 독창했다. "자그마한 배에 드러누워 우리는 드넓은 푸른 바다를 떠다닌다 두둥실 두둥실 두둥실⋯⋯" 10분이나 노래를 계속하자 엔도 선생님은 "유카, 저렇게 별난 아버지를 두어서 부끄럽지 않니?"라고 진지한 얼굴로 물었다.

이후에도 아버지는 조증에 걸리면 엔도 선생님 댁에

전화해서 "헬로, 디스 이즈 닥터 마부제. 누구인줘 알겠어용?"이라고 물었다. 엔도 선생님이 속은 척을 해주면 "와! 속았다, 속았다! 저 기타입니당!"이라며 기뻐했다. 그 모습을 보고 나는 '작가란 대체 어떤 사람들인가!' 하고 기가 막혔다. 그래서 성실하게 살기 위해 회사원이 되기로 결심했다.

그 옛날 60년대에 우울증에 걸린 아버지는 편집자에게 원고 의뢰가 오면 "지금은 우울증이라서 못 씁니다"라며 거절했다. 그러면 편집자는 반드시 "우울증이 뭐예요?"라고 물었다. 아버지는 "우울증이라는 건 기분이 처져서 기력이 없어지는 병입니다"라고 설명했다. 그만큼 세상에는 알려지지 않은 병이었다.

아버지는 "나는 작가로서 대단한 업적은 없지만, 조울증을 세상에 알린 공적은 있다"라고 종종 말한다. 보통은 자신의 병을 숨기는 것을 당연히 여기지만, 아버지는 오히려 병에 관한 이야기를 원고에 썼다. 모두가 앞만 보고 달려가던 고도 성장기 시절, '우울증'을 고백하는 건 문단에서도 용기가 필요한 일이 아니었을까.

아버지는 편집자들이 '선생님'이라고 부르는 것을 좋아하지 않아서 항상 "기타 씨라고 불러주세요"라고 부탁했다. 이유를 아버지에게 물었더니 "옛날에 하니야 유타카 씨 집에 간 적이 있어. 아빠에게는 대선배인 작가니까 '하니야 선생님'이라고 불렀더니 '나는 어느 대학에서도 가르치지 않으니 하니야 씨라고 불러주세요'라고 하셨어. 그걸 따라 하는 거야. 선생님 소리를 들으면 나 자신이 마치 대단한 사람인 줄 착각해버리니까"라고 대답했다.

몇 년 전 퇴근하고 돌아오니 어머니가 "궁내청〔일본 왕실과 관련된 일을 수행하는 기관-옮긴이〕에서 전화가 와서 상을 준다고 했는데 아빠가 거절했어"라고 말했다. 나는 "흠, 그랬구나"라고 말한 뒤 바로 다른 이야기로 넘어갔다. 그런데 11월 3일 '문화의 날' 뉴스에서 수상자들이 눈물을 흘리며 "영광입니다"라고 말하는 모습을 보았다.

아버지는 늙어가고 있다. '앞으로 몇 년이나 더 사실까'라고 생각한 순간, 만일 그 상을 받았더라면 사람들이 보낸 축하 화환으로 연로한 부모님의 집이 간만에 활기를 띠지 않았을까. "아빠, 모처럼 주신다고 하는 상을 받았으면 좋았을 텐데"라고 말하니 아버지는 "이제 아빠는 괜찮아……"라고 사라질 듯한 목소리로 중얼거렸다. 그 순간 아버지는 누군가에게 좋은 평가를 듣거나 명예에 욕심을 내는 사람이 아님을 깨달았다.

오랫동안 나는 회사에서 상사에게 좋은 평가를 받아 승진하기 위해 안간힘을 썼지만, 아버지의 인생관은 나와 전혀 달랐다. 인간이 살아가면서 느끼는 괴로움, 슬픔, 고됨 그리고 즐거움이 무엇인지 몸소 가르쳐주었다. 아버지는 작가가 아니라 그야말로 정신과 의사였다.

사이토 유카

# 아버지와의 마지막 산책

아버지가 돌아가시고 3년이 지난 지금, 오랜만에 이 책을 다시 읽었다. 이 책의 테마는 조울증이지만 아버지가 작품을 썼던 시절의 기억을 좀 더 들어두면 좋았으리라는 아쉬움이 남는다. 『하얗고 다소곳한 봉우리』에 등장하는 디란〔카라코람의 봉우리 중 하나-옮긴이〕에 올랐을 때 일이나 「골짜기에서」에서 집요하게 나비를 쫓아다녔던 일들. 「골짜기에서」는 전쟁이 끝난 그해 가을에 시마시마에 있는 숙소부터 도쿠고 고개를 넘어 가미코치로 들어가는 골짜기에서 시작되는 소설로, 곤충 애호가였던 아버지가 아니고서는 쓸 수 없는 작품이었다. 아버지와 몇 번이나 가미코치를 찾았는데도 이 작품에 관한 이야기를 물어보지 못했다.

게다가 「골짜기에서」는 1958년 문예지 『신초』 11월호에 실린 「먼지와 등불」에 이어서 이듬해 2월호에 실린 두 번째 작품으로 아버지가 심혈을 기울인 소설이다. 이 시기에 아버지는 '닥터 개복치 항해' 중이었기 때문에 신초샤의 편집자인 고지마 지카코 씨가 독일 함부르크에 있는 무역 회사의 직원 집으로 『신초』를 보내주었다. 「골짜기에서」는 아버지와 엄마가 처음 만난 계기를 만들어준 소중한 작품이다. 이 밖에도 물어볼 작품이 많이 남아 있어서 안타깝다. 시인 사이토 모키치의 아내이자 나의 할머니이기도 한 데루코에게도 중요한 이야기를 물어보지 못했다. 할머니도 아버지도 이제 세상에 없다. 나의 어리석음에 한없이 슬퍼진다.

이 책을 통해 유치원 시절 가루이자와에서 보냈던 평온한 날들을 떠올렸다. 아버지는 마쓰모토고등학교에 다니던 시절, 피서지로 유명했던 가루이자와에 갔던 적이 있었다. 전쟁이 끝나고 아직 궁핍하던 시절 처음 보았던 아사마산과 아름다운 잎갈나무 숲, 짙은 안개에도 감명을 받았다. 하늘은 파랗고 나무 사이로 스며드는 햇빛은 반짝였다. 아버지는 언젠가 이런 곳에서 살 수 있는 날이 오기를 꿈꿨다고 한다.

그러한 이유로 1961년 4월에 결혼한 후 처음 아내와 함께 맞는 여름을 가루이자와에서 보냈다. 센가폭포에 있는 작은 별장을 빌렸는데, 아버지는 집필하느라 틀어박혀 지냈다. 어머니에 따르면 그때 이미 『니레 가문 사람들』의 집필이 한창이었다고 한다. 당시 스물세 살이었던 어머니는 여름을 타느라 몸 상태가 안 좋아졌다고 생각해 매일 줄넘기를 했다. 그래도 몸 상태가 나아지지 않아 아버지에게 상담했더니 "큰 병이면 안 되니까 게이오대학병원에서 진단을 받아봐"라면서 어머니를 도쿄에 보냈다가 임신을 알았다고 한다. 당연한 일이지만 어머니가 그대로 가루이자와에서 머물다가 유산했다면 이 세상에 나는 존재하지 않았다. 하마터면 세상에 태어나지 못할 뻔했다.

1985년, 딸과 함께.

내가 태어난 다음 해 4월에는 가루이자와에 가지 않았지만, 그다음 해인 1963년 8월부터는 매년 여름을 가루이자와에서 보냈다. 당시 머물던 집은 작가 고지마 마사지로 씨가 양도한 옛 가루이자와의 산장이었다. 다이쇼시대에 선교사가 지내던 곳이었다는데, 적갈색 외관에 하얀 베란다와 난간이 아름다운 집이었다.

내가 유치원에 다닐 무렵, 엔도 슈사쿠 선생님이 별장에 와서 "이렇게 조그만 집이라니. 마치 귀신의 집 같군. 내 별장은 몇천 평이나 되네. 게다가 아들 류노스케는 금화를 짤랑대고 있으니 놀러 오게"라며 초대하셨다. 부모님과 함께 놀러 가니 류노스케 씨가 금화를 가지고 놀고 있었다. 하지만 그건 금색 종이에 싸인 초콜릿이었다. 나에게 가루이자와는 피서지라기보다 아버지의 일터가 도쿄에서 가루이자와로 옮겨진 것일 뿐, 가족끼리 드라이브를 하러 가거나 어딘가에 간 기억도 거의 없다. 그래도 옛 가루이자와의 스와신사에서 여름 축제가 열리면 아버지와 불꽃놀이를 보러 가기도 하고, 요요를 선물 받기도 하며 즐겁게 지냈다.

그 뒤 초등학교 1학년 때 아버지는 처음 조증에 걸려서 이 책에 나와 있듯이 여름에는 조증, 겨울에는 우울증을 겪었는데, 덕분에 우리 집은 더할 나위 없이 즐거웠다. 그 때만큼 아버지와의 시간에 한껏 심취했던 날들은 없다.

내가 중학생이던 시절 아버지가 '파자마 오래 입기'로 기네스 기록에 도전하고 싶다고 말했다. 한번은 결혼식에 참석하면서 파자마 위에 와이셔츠를 입고 간 적도 있었다. 그 정도로 뜨거웠던 기네스 기록에 대한 열정도 우울증이 오면서 사라졌지만, 이 밖에도 많은 소동이 있었다. 공부할 시간도 없어서 당시 유행하던 TV 드라마를 본 기억도 없다. 아버지와 보내는 일상에 백 배는 더 열중했기 때문이다.

이후 내가 대학생이 되자 아버지의 조증은 4년에 한 번 꼴로 찾아왔다. 체력이 없으면 조증도 오지 않는 것일까. 그런 아버지를 보며 어머니는 "4년에 한 번씩 오니까 올림픽 같네"라고 웃었지만, 내가 아버지의 조증을 숨기지 않고 누구에게나 스스럼없이 말할 수 있는 이유는 어머니의 관대함 덕분이었다. 놀랍게도 어머니는 아버지의 조울증 때문에 한 번도 눈물을 흘리거나 울적해하지 않았다. 물론 조증이 오면 아버지가 무슨 이유에서인지 주식거래를 했기 때문에 어머니와 연례행사처럼 자주 다퉜지만, 가족 사이에는 웃음이 끊이지 않았다.

내가 대학을 졸업하고 산토리 홍보부에서 일한 지 몇 년이 지났을 무렵, 선전부의 한 남자 직원이 나에게 달려왔다.

"유카 씨, 아버지한테 이런 편지가 왔는데 어떻게 하지? 뭐라고 답변을 드리면 좋을까?"

편지를 보니 전단 뒷면에 검정 매직펜으로 큼지막하게 글씨가 쓰여 있었다.

"부장님. 산토리 광고 카피를 만들었습니다. '세계의 맛있는 술부터 맛없는 술까지 산토리.' 이 광고에는 제가 출연하겠습니다. 이 광고 카피를 채택하지 않으면 사형에 처하겠습니다. 기타 모리오."

당시 산토리는 '세계의 양주 산토리'라는 광고를 만들었던 터라 아버지는 그걸 힌트로 삼았던 것이다. 나는 그 직원에게 "죄송합니다. 지금 아버지는 조증이어서요. 내

버려두세요"라고 머리를 숙였다. 그러자 홍보부 선배가 "유카 씨, 신초샤에서 전화가 왔어"라고 하여 서둘러 전화를 받았다.

"유카 씨, 아버님이 신초샤 광고를 만들었다고 편지를 보내셨어요. '세계의 명작부터 졸작까지 신초샤'라고 적혀 있는데……. 어떻게 답장을 드리면 좋을지 어머니와 의논하고 싶어서 댁에 전화해도 아버님이 증권사와 전화를 하시는지 계속 통화 중이라 의논을 못 하고 있는데, 어떻게 할까요?"

아버지가 파자마 차림으로 네 곳의 증권사와 거래를 하는 모습이 눈에 그려졌다. 옆에서 내 전화를 엿듣던 동료는 "역시 아버님은 천재야!"라고 웃음을 터뜨렸다. 은행이나 다른 기업이었다면 차가운 시선을 받았을 일이다. 도전 정신을 높이 사는 회사의 기풍 덕을 몇 번이나 봤는지 모른다.

내가 결혼했을 무렵 아버지가 긴자에서 그림 개인전을 열겠다면서 갑자기 어머니에게 도화지와 미술 도구를 사다 달라고 말했다. 어머니는 아버지의 관심을 주식에서 돌릴 수 있다면 얼마든지 좋다고 생각해 서둘러 미술 도구를 사 왔다. 아버지는 조증이 오면 모든 감각과 감정이 또렷하게 선명해졌다. 매일 밤, 저녁 식사를 마치고 식탁을 정리하면 '아버지의 그림 그리기'가 시작되었다. 신문지 위에 펼친 도화지에 수채화를 그렸다. 주제는 아버지가 사랑한 신슈 지방의 산들과 말, 곤충 그리고 아버지 소설에 나왔던 '빨간 귀신, 하얀 귀신'이었다. 한신 타이거스를 응원하는 그림도 있다. 몽환적이면서 사랑스러운 분위기의 그림에서는 아버지의 다정하고 유머러스한 판타지가 느껴졌다. 어머니는 "정말 귀엽다!"라며 기뻐했다. 그런데 아버지는 거기서 더 나아가 여성의 누드를 그리겠다며 『플레이보이』에 나오는 누드모델 사진을 보면서 여성의 가슴이나 풍만한 엉덩이를 그리는 데 심취했다.

어느 날 밤, 내가 "무샤노코지 사네아쓰 선생님도 그림을 잘 그리셨다고 하던데"라고 말했더니 "아빠가 더 잘 그려"라며 정색했다. 그 모습이 너무 재미있어서 이후에 아버지가 그림을 그리기 시작하면, 무샤노코지 선생님의 작품을 보여주고 "무샤노코지 선생님 그림이 더 잘 그렸는

기타가 조증 시기에 그린 수채화로 소설의 테마였던 귀신을 그렸다.
커다란 노란색 달을 배경으로 빨간 귀신이 있고,
하얀 귀신이 우주를 떠다니고 있다.

데"라고 놀렸다. 그러면 아버지는 "이런 엉터리 호박과 피망은 할망구라도 그릴 수 있어!"라며 대놓고 라이벌 의식을 불태웠다. 또한 어머니에게 먹을 진하게 갈도록 한 뒤 단카를 족자에 수없이 썼다. 그렇게 수십 장의 그림과 서예 작품을 완성했다. 개인전에는 엔도 슈사쿠 선생님을 비롯한 작가와 문예 평론가, 편집자, 지인들이 참석하고 주간지에서도 취재하러 왔다. 지금에 와서 아버지가 조울증을 겪었던 날들을 생각하면 '혹시 아버지는 진짜 천재가 아니었을까' 하는 생각이 든다.

아버지는 그렇게 다사다난한 조증을 거쳐 점차 우울증으로 보내는 기간이 길어졌고 70대에 들어서는 몇 년간 평온한 나날이 이어졌다. 나는 아버지가 좀 더 기운을 냈으면 하는 마음에서 "아빠, 모처럼 얻은 인생이니까 기운을 더 내야지!"라고 격려했다. 아버지의 기운을 북돋우려고 '마지막 갬블 여행'으로 한국과 마카오, 라스베이거스의 카지노까지 다녀오기도 했다. 아버지와의 가족 여행이 나의 가장 큰 기쁨이자 관심사였다. 그리고 대학생이 된 나의 아들 후미히로가 명절 연휴나 방학에 친구와 여행을 가고 싶어 해도 "할아버지와 마지막 여행이 될지도 모르니까 설날에는 가족끼리 스키장에 갈 거야"라며 언제나 가족 여행을 최우선으로 여기게 했다.

2009년 6월, 아버지의 대퇴골이 부러졌다. 일요일 오후에 베란다에서 일광욕을 하라고 권했는데, 의자에 앉으려다가 그만 콘크리트 바닥에 엉덩방아를 찧은 것이 원인이었다. 수술이 끝나도 재활 때문에 입원이 길어져서 4개월이 지나서야 겨우 휠체어를 타고 퇴원했다.

'대퇴골 골절'을 인터넷에 검색하니 "노인의 경우 대퇴골이 부러지면 누워 지내야 하는 상태가 된 것을 계기로 사망하는 일이 많다"라고 쓰여 있었다. 지금까지 아버지가 비틀비틀 걷는 것은 고령이니 어쩔 수 없다고 포기하고 있었지만 그것을 본 순간, 아버지의 재활을 돕기로 마음먹었다.

매일 아침 6시에 일어나 출근하기 전에 아버지를 억지로 일으켜 휠체어에서 일어나는 연습을 했다. 몸을 지탱해서 걸을 수 있게 되기까지 반년이나 걸렸다. 깜깜한 한겨울에도 아버지 방에 갔다.

1999년 9월, 가루이자와 별장 베란다에서
손자 후미히로와 함께.

"아빠, 일어나! 지금부터 산책과 체조할 거니까!"

"아직 깜깜해. 게다가 춥고, 더 자고 싶어"

"안 돼! 회사 가야 하니까 빨리 일어나"라며 이불을 걷어냈다. 체조를 하고 한 발 서기, 스쿼트, 침대 위에서 복근 운동까지 하고 스트레칭으로 다리를 찢게 하면 아버지는 소리를 질렀다.

"아파! 이웃 사람들, 유카가 폭력을 휘둘러요! 나치 고문보다 더해요!"

"아빠, 창피하니까 조용해"

매일 아침 똑같은 대화를 나누고 집 근처 마쓰바라초등학교까지 산책했다. 처음에는 보행기를 붙잡고 3미터를 걷는 게 다였지만, 이후에는 지팡이를 짚고 10미터를 걸었다. 1년이 지나자 느리긴 하지만 매일 아침 초등학교까지 등을 지탱하고 걸을 수 있게 되었다. 한겨울이 지나가고 봄이 오자 벚꽃이 피고 신록이 선명해지는 변화를 몸소 느꼈다. 아장아장 걸음마를 하던 어린아이가 어느새 걷게 된 것처럼 나에게 이보다 더한 행복은 없었다. 매일 마음속 깊이 하느님께 감사했다.

2011년 10월, 부모님이 가루이자와에서 도쿄로 돌아왔다. 나는 바로 다음 날 아침부터 아버지와 산책에 나섰다. 내가 다니던 초등학교에서 벚꽃 잎이 떨어지는 모습을 보며 "아빠, 내년 봄에도 같이 벚꽃 보자"라고 말했다. 그다음 주에는 온 가족이 다 함께 이시카와 료 선수의 골프 경기를 보러 갔다.

그로부터 2주가 지난 일요일 아침, 평소와 같이 아버지를 깨우러 갔는데 파자마에 토한 흔적이 있었다. "아빠, 노인이 토하면 질식사를 할 수도 있으니까 조심해야 해"라고 주의를 주고 새 파자마로 갈아입혔다. 아버지는 건강했기 때문에 나는 크게 신경 쓰지 않고 남편과 외출했다. 그런데 저녁에 어머니가 전화로 "오후에 아빠 상태가 이상해서 구급차를 불렀어"라며 알려왔다.

어머니는 "별일 아니니까 병문안 안 와도 돼"라며 침착한 목소리로 말했지만, 아버지는 고마자와에 있는 도쿄 의료센터에 입원했다.

"노인은 갑자기 상태가 변할 수 있으니까 후미히로를 부를게"라고 하자 어머니는 괜히 일을 벌인다며 반대했지만 아들은 저녁 7시에 대학 야구부 숙소에서 달려왔다.

식구들이 다 같이 병문안을 갔을 때 아버지는 기운이 있었다. "내일은 월요일이니까 퇴근하고 올게. 잘 쉬고 있어"라고 말하니, 아버지도 "내일 봐"라고 웃으며 모두와 악수를 나눴다. 나는 평소와 다르지 않은 아버지의 모습에 안심하고 병원 앞 고깃집에서 오랜만에 만난 아들과 즐거운 시간을 보냈다. 그런데 그날이 아버지와의 마지막 만남이 되고 말았다.

월요일 새벽에 병원에서 바로 와달라는 긴급한 전화를 받고 서둘러 달려갔더니 아버지는 숨이 끊긴 상태로 심장 마사지가 한창이었다. 옆에는 아버지가 입원했을 당시 입었던 폴로셔츠가 토사물로 더럽혀져 있었다.

"이미 30분 이상 마사지를 했는데, 의식이 돌아오지 못하는 상황입니다. 가족분들께서 양해해주시면 중지해도 괜찮을까요?"라는 말과 함께 아버지의 임종을 지켰다.

내가 부검 의사를 밝히자 의사는 "부검을 하면 시신을 열고 잘라야 합니다. 바로 집으로 갈 수 없습니다"라고 말했다. 부검을 거부하는 명백한 협박이었다. 간호사가 어머니에게 환자복을 사라고 해서 사놓았지만 아버지는 일요일에 입원할 당시 입었던 폴로셔츠를 그대로 입고 있었다. 간호를 소홀히 한 것이 분명했다.

내가 『주간 신초』에 연재하는 칼럼에 그 이야기를 썼더니 1월 어느 날 갑자기 병원장이 전화를 걸어왔다. 어머니에게 전화해서 내 휴대전화 번호를 물었다고 한다. 병원장은 "회진을 돌 때 알았습니다. 모니터로 줄곧 확인하는 중환자실이 아니라 일반 병실로 들어갔기 때문에 돌아가면서 볼 수밖에 없었습니다. 그래서 구토한 흔적을 알아차리지 못했습니다. 발견이 늦었던 것은 분명하므로 사죄드립니다"라고 말했다.

내가 병원의 구급 체계를 물어보니 병원장은 "병원으로서는 월요일부터 금요일까지는 구급 체계에 최선을 다하고 있습니다. 그러나 주말에는 진료 상황에 늘 변동이 생겨서 지휘 계통이 흐트러지기 때문에 환자들의 불만이 높습니다. 국가가 관할하는 국립병원에서 이런 일이 생겨서 대단히 유감입니다"라고 대답했다. 아버지의 죽음은 '유감입니다'라는 말로 끝이었다.

내가 병문안을 갔을 당시 젊은 의사가 홀로 응급 병동을 뛰어다니며 분주해서 아버지의 병실에 좀처럼 오지 않았다. 겨우 의사를 발견해서 "아버지가 오늘 아침 구토를 했으니 질식사하지 않게 해주세요"라고 주의를 당부했다. 나중에 안 사실이지만 아버지의 상태를 진찰했던 의사는 이제 막 부임한 수련의였다.

이런 원망을 드러내면 아버지는 "유카, 이제 그만해"라고 얼굴을 찌푸릴 것이다. 나 역시도 언제까지 이 일에 매달릴 수는 없다고 생각한다. 하지만 병원에 달려갔을 때, 이미 숨을 거둔 아버지에게 퍼포먼스를 하듯 심장 마사지를 하고, 돌아가신 직후에는 '부검을 하면 시신을 열고 잘라야 한다'라면서 위협하던 의사의 얼굴을 나는 아마도 평생 잊지 못하리라.

2014년 8월 사이토 유카

2010년 1월, 손자 후미히로의 성인식날.
왼쪽부터 아내 기미코, 후미히로, 기타, 유카, 유카의 남편 요시히로.

아 빠 는
즐 거 운
조 울 증

**초판 1쇄**　　2021년 5월 1일

**지은이**　　기타 모리오, 사이토 유카
**옮긴이**　　박소영
**펴낸이**　　이정화
**펴낸곳**　　정은문고
**등록번호**　　제2009-00047호 2005년 12월 27일
**주소**　　서울시 마포구 동교로13길 60 503호
**전화**　　02-3444-0223
**팩스**　　02-3147-0221
**이메일**　　jungeunbooks@naver.com
**페이스북**　　facebook.com/jungeunbooks
**블로그**　　blog.naver.com/jungeunbooks

ISBN 979-11-85153-41-4  03830

*이 제작물은 아모레퍼시픽의 아리따 글꼴을 사용하여 디자인되었습니다.